三国志
五の巻 八魁の星
[新装版]

北方謙三

時代小説文庫

角川春樹事務所

目次

軍門	7
勇者の寄る辺	57
生者と死者	117
制圧の道	186
戦のみにあらず	278

新装版
三国志
五の巻 八魁の星

＊編集注　本文中の距離に関する記述は、中国史における単位に従い、一里を約四〇〇メートルとしています。

軍門

1

　自分が敗者であったら、どうするか。

　河水（黄河）を前にして、曹操が考えたのはそれだった。これから、河北四州を制圧する、長い闘いがはじまるのである。袁紹は、それこそ必死の力をふりしぼって、守ってくるだろう。

　官渡は、境界でぶつかる戦だった。しかしこれからは、すべて袁紹が領地としているところでの戦である。落とし穴は、どこにでもあるはずだ。一木一草が敵。そう思っていた方がいい。

　袁紹軍が再び集結中、という知らせが入ったのは、三月も終りに近づいたころだ。幽州から袁熙、青州から袁譚、幷州から高幹。袁一門のすべてが、全力を挙げての

出兵と思えた。

河北四州を守るためには、逆に攻めることだと、袁紹にははっきり見えているのだろう。十数万が、河水にむかって進軍していた。

渡渉の拠点にしようとしているのは陽平で、黎陽よりもずっと東に寄っていた。青州との地理的な関係でそうしているのだ、と曹操にはよくわかった。数十万の大軍を擁していた時より、袁紹には隙がなくなっている。

官渡で負けたあとの、袁紹の動きには、さすがと思わせるものがあった。鄴で軍を立て直すと、各地で勃発した叛乱を、ひとつずつきれいに鎮圧したのだ。長男の袁譚も青州に帰し、まず領内をまとめさせた。

それでも、十数万の軍勢だった。叛乱した者はともかく、日和見を決めこんだ領内の豪族までは、討てないでいる。

「決死の軍だな。私が二十万を超える大軍になったからといって、油断をするとんでもないことになる」

許都の丞相府で、荀彧、荀攸、程昱らを集めて、対策を練った。夏侯惇率いる十二万は、袁紹軍に備えてすでに河水のほとりに展開している。

「陽平を衝くしかありません。こちらから、河水を渡るべきです」

程昱が言った。

一時は蟄居を命じてあったが、それは朝廷内の反曹操勢力をあぶり出すために動いた、ほとぼりを冷ますためだった。程昱は、思った以上に完璧に、朝廷内の不穏分子をあぶり出した。いま、朝廷の動きで警戒しなければならないものはない。というより、ほとんど動きがなかった。

「袁紹に渡渉させると、荀彧殿が河水のほとりではじめた大規模な屯田が、ひどい痛手を受けることになります。河水の南岸は、絶対に侵させてはなりません」

「わかっている、程昱。しかし、相手が決死の軍であるだけに、河水の南岸に呼びこんで叩いた方がいいような気もするが」

「荀彧殿は、いま屯田を潰されたくはないでしょう」

荀彧が言った。

「それはそうだが、あくまで軍事が優先です、程昱殿」

った荀彧だったと言ってもいい。官渡の戦で、一番苦労したのは、ある意味では実戦に加わらなかった荀彧だったと言ってもいい。兵糧の調達で、身の細る思いをしたはずだ。

「程昱殿を、軍師として伴われてはどうです、丞相？」

あらゆる可能性を検討したあと、荀攸がそう言った。荀攸にも荀彧にも、程昱に

は含むところがあるのだろう。袁紹と対峙している間に、許都の反曹操勢力をあぶ

り出す目的で、董承に同心する曹操の部将として、動いていたのだ。程昱さえ動かなければ、帝の側近が根こそぎ誅罰されるということはなかった。処断するのは董承ひとりでよかった、というのが荀攸や荀彧の考えだろう。実際には、数百人を処断することになった。

実戦場へ出て、なにかやってみろ。荀攸や荀彧は、程昱の実力は認めながらも、そう考えているに違いなかった。

程昱の表情は、まったく動いていない。この表情で、程昱は曹操の不敬を詰り、董承を信用させた。実戦で、どれほどの役に立つかは、老齢のこともあり、試していない。

荀彧が言った。

「袁紹を迎え撃つ。そういう戦になるでありましょう。勇猛な部将だけでなく、知謀の臣もぜひ側にいた方がいい、と私も思います」

曹操が言うと、程昱が無表情に頷いた。二人がどういうつもりで言っているのか、程昱にはよくわかっているはずだ。

「私と一緒に行ってみるか、程昱？」

二日後に、出発した。

老齢でも、程昱の馬の捌きはなかなかのものだった。五万の軍の先頭は、高覧と張郃という、官渡での降将で、その後ろに許褚が率いる曹操の本隊がいた。
伝令を出し、夏侯惇に渡渉の開始を命じた。渡渉した部隊から、陣を組んでいく。
そうしておけば、袁紹が渡渉中を襲撃することは難しくなる。
袁紹軍は、陽平から倉亭にむかって移動中だ、という報告が入った。河水のほとりで曹操軍を打ち破ったら、すぐに兗州に進攻できるという態勢だった。
渡渉地点から数里入ったところに、夏侯惇は陣を敷いていた。すでに、袁紹軍十五万も、布陣を終えつつある。
「まともにぶつかりましょう、丞相。敵は、一度大敗した軍です。どこか一ヵ所を破ってしまえば、意外に脆いと思います」
「しかし、決死の軍だぞ、夏侯惇殿」
程昱が言う。
「はじめから奇策というのも、甘いような気がするのです、程昱殿。まず、相手の力を測るということも必要ではないのでしょうか？」
幕僚としては程昱の方が新参だが、年長者に対する礼儀を、夏侯惇は決して忘れない。

「ならば、打ち破る気で、全軍を何段にも構えてかかってくだされい、夏侯惇殿。明日の陽の出からぶつかって、陽の入りまで。それで結着がつかなければ、次の策を考えよう。まともなぶつかり合いを続ければ、兵の損耗が大きすぎる」
「わかりました。それでよろしゅうございますか、丞相？」
「うむ。とにかく、袁紹に奇策は使わせるな。それだけには細心の注意を払え」
「では、明日早朝、こちらから仕掛けます」
曹操は頷いた。
幕僚たちが去ると、幕舎でひとり両軍の陣容に見入った。袁紹軍の士気が高ければ、とても一日で結着はつかないだろう。兵力も、ほぼ拮抗。
二日目は伏兵を使うべきだ、と曹操は思った。ただ、どういうかたちで使うべきなのか。伏兵を使うためには、相手を動かさなければならない。
正面からのぶつかり合いを避けたと思わせ、まずこちらが動くことだろう。その動きが袁紹に脅威を与えれば、必ず動く。脅威を与えるためには、どうすればいいのか。
戦陣で策を練る時、曹操はいつも頭痛など忘れていた。頭痛に悩むのは、大抵許

都で政事むきのことをしている時だ。

幕舎の周囲は、許褚が率いる親衛隊が、交替で警戒に当たっている。夜もかなり更けてから、曹操は寝台に横たわった。すぐに、眠りに落ちた。

朝になると、方々で小競り合いが起きた。

曹操は旗本五百騎ほどと、丘の頂から戦況を見守った。

果敢に突出してきている部隊がある。正面からそれに当たっている夏侯淵が、ともすれば押され気味である。

「袁尚の部隊です。およそ一万。その背後に三万ほどが続いています」

「なるほど。あれが、本初（袁紹の字）のお気に入りの三男坊か」

「率いているのは、袁紹の本隊であろうと思われます」

「手強いはずだな」

方々のぶつかり合いが、徐々にその規模を大きくしていっていた。押しては引くということが、くり返されている。

半日経っても、押し合いの戦況は変らなかった。一度は負けたとはいえ、袁紹は堂々たる闘いぶりだった。

原野が薄暮に包まれはじめると、両軍とも退いた。

「あと一日押し合えば、と思いますが」

軍議で、夏侯惇が言った。

曹操から見ると、互角の押し合いだった。それは、一度は負けた袁紹軍に、ある自信を与えたかもしれない。

「程昱の策は？」

曹操が言うと、皺に隠れたような程昱の眼が、一座を見渡して光った。

「今日の戦ぶりを見るかぎり、袁紹はやはり決死です。三男の袁尚など、死を覚悟で突っこんできていたと思われます。これ以上のぶつかり合いは、避けるべきです」

「策は？」

「伏兵」

「どこに、どのような？」

「思い切った、伏兵です。中途半端は危険でありましょう。十面埋伏の計を」

「ほう」

曹操も、そこまで考えてはいなかった。

「まず、本陣を河水を背にして構えます。中央の軍勢は、許褚殿の四万。一万は本

陣に残しますゆえ。あとは、全軍埋伏。許褚殿は、ぶつかったのち、本陣まで退がられて、守りを堅くされるとよい。まず袁紹軍を、本陣のそばまで引きこみます。そこから、埋伏の兵を出します。二軍を両側から。伏兵と知って、袁紹軍は退きはじめます。五段まで。退いていくところを、しぼりあげるように、埋伏の兵を出していくのです。したがって、全軍は十段に分け、今夜じゅうに移動します」
「性急だな。十万以上の兵が動くのだぞ」
「それぐらいの調練は、曹操軍にできていないわけはありますまい。袁紹軍は、互角の闘いをした直後です。押せるとなれば、押してきます。二日経ち、三日経つと、官渡の敗戦を思い起こしますな」
曹操は、軽く頷いた。程昱の策が、どれほど当たるものか、見てみようという心境になっていたのだ。
部将たちは小声で囁き交わしていたが、程昱はやはり表情を変えなかった。
「夏侯惇、程昱の指示通りに兵を動かせ」
部将たちが、立ちあがった。夏侯惇は、異存があるという表情はしていない。これは、程昱の手並みを見てみよう、と思っているのだろう。
許褚の四万が、まず動いた。一万ずつ、次々に袁紹の陣営に夜襲をかけるのである。

「埋伏の十軍は、第十軍、九軍から出発。許褚殿の夜襲の背後に付き、退く時に居残って身を潜める。八度の夜襲で、第三軍まで埋伏を完了すること」
 程昱の指示に、よどみはなかった。
 許褚の夜襲が開始された。曹操は、本陣を十里（約四キロ）ほど退げ、河水を背にした。喊声が、曹操のところにまで聞えてきた。そばにいる程昱の表情は、まったく変らない。
「十面埋伏の計か。思い切ったものだ。普通、一軍か二軍を伏兵として置くことを考えるが、夜陰に紛れてほとんど全軍を埋伏するとはな。嵌ってしまえば、袁紹は助からぬかもしれぬな」
「これも、わが軍に、気持の上で余裕があるからできるのです。官渡の勝利がなければ、やはり正面からのぶつかり合いを選んで、兵の損耗を余儀なくされたでありましょう」
「大がかりな埋伏の計は、余裕があってはじめてできることか。私も、伏兵を置こうとは考えていたが」
「丞相のお考えになった伏兵で、充分に敵を打ち払うことはできましょう。しかしいまわが軍は、ただ打ち払うだけでなく、あわよくば袁紹の首を取れる、という戦

「をすべきです」
「まったくだ、程昱。あれほどの苦難の末に得た官渡の勝利は、どんな時にでも生かしたいものだ」
「私の献策が破れれば、ためらいなく処断なされませ、丞相」
「そこまで、深く考えることはない」
「いえ、それが筋でございましょう。文官の献策なのですから。武官はいつも、自らの命をかけて献策いたしております。そこに文官が口を挟んでいるのです」
「なるほど、わかった。これからは、重要な献策はあまり文官にはさせるな、ということだな」
「官渡の勝利で、丞相はまた一段と深く、人の言葉を読むようになられました」
「自分では、変ったつもりはないが」
　許褚の夜襲は、続いていた。三度目か、と曹操は思った。八度くり返された時、埋伏の計は終っている。そして、そのころが夜明けだろう。
　曹操は、程昱とともに、夜明けを待った。埋伏が完了したという注進が、第十軍を最初に、次々に届いてきた。袁紹は許褚の夜襲を受けても、堅く陣を守って動こうとしていないようだ。

空が、白みはじめた。
「許褚殿に、総攻撃を」
　程昱が言った。明るくなり、こちらの陣を間者が探りやすくなれば、大軍が消えていることに気づかれるだろう。その前に、まず乱戦に持ちこむことだった。
　許褚の、総攻撃がはじまった。明るくなってきているので、袁紹もこのまま守りを続けようとはしないだろう。
　思った通り、先鋒が出てきて許褚と押し合いはじめた、という注進が入った。
「無理に踏ん張るな。しかし、すぐに退いたと敵に思われてもならぬ。三十人のうちひとりが討たれれば退がるように、と許褚殿に」
　程昱が、伝令を呼んで言った。
　曹操なら、そんな指示を出す必要はない。適当に踏ん張れと言うだけで、許褚は曹操が思う程度の闘いをするだろう。文官である程昱の指示には、どこかで反撥するかもしれない。三十人にひとり、というところに、文官の指揮の苦衷が出ていた。董承を追い落とすために、曹操の間者のような真似をした、ということに、意外なほどの反感を抱かれているらしい。それも、曹操がはじめて気づいたことだった。
　やがて、許褚の軍が押されはじめた、という注進が入った。

中核の軍で、袁紹は許褚を押している。曹操は、なにも下知を出さなかった。程昱が、本陣の軍にも戦闘態勢をとるように、厳しい声で指示を出した。
 袁紹は、のどの渇いた動物が川にむかうように、一歩ずつ十面埋伏の計に嵌りつつある、と曹操は思った。しかし、なにも言わず、表情も動かさなかった。
 許褚の軍が後退してきて、本陣を守るように展開した。まだ、まとまった動きができなくなるほど、本格的に押されてはいないのだ。そして土煙のむこうに、『袁』の旗が見えてきた。迫ってくる。袁紹の姿がどこにあるのか、曹操は捜した。他人の戦を見ているような気分である。
 先鋒が、ぶつかってきた。第二段、第三段と、畳みかけるように攻撃してくる。一点に力を集中した、かなり激烈な攻撃だった。『曹』の旗が、袁紹にははっきり見えているのだろう。そして、そこだけを衝こうとしている。
 程昱は、できるかぎり袁紹の主力を引きつけようと考えているのか、すぐには埋伏の兵に合図を出そうとしなかった。許褚の軍が、少しずつ崩されはじめている。それを見てとったのか、五段で攻めていた袁紹の主力が、一斉に出てきた。
「第一軍、第二軍」
 程昱の沈んだ声が聞えた。合図の太鼓が打たれた。袁紹軍の両側から、二万ほど

の軍がいきなり現われた。まさに、地中から躍り出したという感じだった。
　袁紹軍は、大きく乱れはしなかった。ただ、伏兵の危険を覚ったのか、退却の鉦を打たせている。すでに遅かった。いま袁紹にできることは、遮二無二ここへ攻めこみ、自分の首を取ることだ。その機会を、袁紹は摑み損ねている。退却すれば、埋伏の兵の挟撃を、あと四度は受けることになる。生き延びてそこを逃れることができるかどうかは、袁紹の運次第だろう。
　袁紹軍が崩れはじめたと、注進が入った。次に入った注進は第十軍の夏侯淵から、追撃軍というものだった。埋伏の兵の中で、袁紹軍はなすすべもなく崩れていった、ということだ。
「追撃の先鋒は夏侯淵。第十軍から第五軍までの追撃でよい。総指揮は曹洪。できれば、袁紹の首を持ってこい」
　そこからの下知は、曹操が出した。
　追撃隊が陽平を抜き、さらに北にむかったころ、曹操は河水のほとりの幕舎にいた。追撃は、三日間である。袁紹の首を取ったという知らせは、まだ入らなかった。これからは、程昱殿の献策にも、耳を傾けることにいたします」
「大勝利でございましたな。

軍をまとめていた夏侯惇が、ひとりで入ってきて言った。
「文官に、戦の指揮はもうさせぬ」
「程昱殿は文官というより」
「戦は、武官の仕事であろう、夏侯惇。程昱には、ほかの仕事がある。それより、袁紹の首はどうした?」
「逃げおおせた、という気がいたします」
「ふん、逃げおおせただと。程昱は、袁紹の首が取れる策を立てた。私の見るかぎりでも、首を取るのは難しくなかった。いいか、夏侯惇。首を取ってくるのが、おまえたちの仕事だったのだ」
「決死でございました、袁紹は」
「決死の軍であるとは、はじめから程昱が言っていたことだ」
 大勝利だが、曹操は自分が不機嫌であることがわかっていた。荊州では、劉表と劉備が組んだ恰好である。揚州では、荀彧が仕かけていた策がはずれ、孫権の叔父の孫輔は追放されていた。
 すべてがうまく運んでいるわけではないのに、幕僚たちは目先の勝利に浮かれている。

三日追撃しても、ついに袁紹の首は取れなかった。
それから十日ほど、曹操は河水のほとりに滞陣していた。このまま冀州を攻め奪るべきだ、という意見が幕僚の中では強かったが、追撃軍の夏侯淵も曹洪も呼び戻してしていた。
放ってあった五錮の者が、戻ってきた。
袁紹は、逃走中に血を吐いて倒れたという。鄴で病床に就いたというのだ。城は、袁尚と審配が堅く守っている。息子たちや甥も、それぞれの州に戻った。
「完全に、袁紹は守りの態勢に入っている。そういう敵は、なかなかに手強いものだ」
軍議には、幕僚が揃っていた。負け犬の息の根は止めた方がいい、という意見が強かった。
「許都へ戻る。陣を払う準備をせよ」
「しかし、丞相」
「言うな。袁紹が病を癒す時ぐらいは、与えてやろう」
本気で、そう考えているわけではなかった。袁紹が死ぬかもしれない、という思いがあったのだ。死ねば、それぞれが一州を領している息子たちや甥の間で、後継

の争いが起きるかもしれない。いま攻めれば、袁家はひとつの集団として強く結びつくだろう。内輪揉めなどしている場合ではなくなるのだ。ここで兵を退いて締めつけを緩めれば、兄弟同士で争いをはじめることも考えられる。

それに、やはり兵糧が不足していた。官渡での戦の時ほどではないにしても、擁する兵が増えた分だけ苦しいのである。鄴を攻めるとなると、長期戦を覚悟しなければならなかった。

「よろしいと思います。帰還されるのは、一応は、大勝利を収めたのですから」

軍議のあと、夏侯惇がひとり幕舎へ来て言った。

「考えてみれば、官渡での戦は、わが軍を根深いところで疲れさせています。新兵や、新たに参じた兵もかなりの数になります。時をかけて、調練をやる必要もありましょう」

「そこは、おまえに任せよう、夏侯惇。河北は、じっくりと攻める。そのための体力を養う時にしよう」

「あまり急がれてはいないので、安心いたしました。河北は、必ず奪れます。河北を奪れば、天下の大勢は決します」

果してそうなのか、と曹操は考えていた。
この国は広い。まだ荊州があり、揚州があり、益州があり、そして辺境の涼州もある。
長い、戦陣の日々は続くはずだ。
「いささか、お疲れではございませんか、丞相？」
「そう見えるか、夏侯惇？」
「私ごときには、よくわかりません。しかしこの乱世で、天下というものを見つめていれば、疲れない方がおかしい、という気もいたします。それほどの戦を重ねたわけではありませんが、袁紹を蝕んだのも、やはりその疲れではないのでしょうか」
疲れているのだろう、と曹操は時々思うことがあった。倦んでいる、と言ってもいいのか。昔ほど、気軽に動けなくなっている。気づくと、四十五はとうに過ぎていた。
「練兵に精を出せ、夏侯惇。私は、精兵が欲しい」
「かしこまりました」
夏侯惇が、ほほえみながら言う。
自分は疲れてなどいない、と曹操は思いこもうとした。疲れる暇など、ありはし

ないのだ。
幕舎の外は、陣払いの仕度で騒々しくなっていた。

2

なぜ、あんな策に嵌ってしまったのか。
袁紹は、病床でそればかり考えていた。
兵力はいくらか劣っていたが、互角の押し合いだった。その状態を続ければ、勝利の展望も開けたはずだ。なにより、兵糧で勝っていた。曹操は、兵力が増えた分だけ、兵糧は苦しくなったに違いない。
勝負を、急ぐ必要はなかった。時をかければかけるほど、こちらが優勢になっていったはずだ。それを、急いだ。官渡での負けを、できるだけ早く取り戻したいと思ってしまったからだろう。
鄴は固めた。鄴さえ守り抜けば、冀州が侵されることはない。青州も幽州も幷州も、それぞれ息子たちや甥に固めさせた。
自分はまだ、河北四州の主なのだ、と袁紹は思った。二度敗れたいまでも、曹操

と互角に闘える力はあるはずだ。
　しかし、なぜあんな策に嵌ってしまったのか。むかってくる敵は、四万ほどだった。その背後に、曹操が本陣を敷いていたが、十数万の兵は、どこかに消えていたのだ。兵が少なすぎると、なぜ思わなかったのか。
　背筋が寒くなるような、伏兵の置き方だった。挟撃というかたちで攻められ、ひとつを抜けたと思ったらまたくり返され、それが実に五度も続いたのだ。首を取られていても、まったく不思議はなかった。旗本の五百騎が、そばにいた。それを拡がらせず、小さくまとめた審配の指揮もよかった。それでなんとか鄴に戻ることができたのだが、数十騎に減っていた。
　負けたのは、ほかの誰でもなく自分だった。しかも、二度までもだ。袁紹は自分にそう言い聞かせ続けた。
　負けたが、死んではいない。毎日のように、河北四州も、まだ手の中にある。
　血を吐く病は、血統なのかもしれなかった。父がそうだったし、異母弟の袁術も、大量の血を吐いて死んだのだ。しかし、自分は死ねなかった。血を吐いても死なな
かったのは、むしろ運が強いからではないのか。

領内では、またしばしば叛乱が起きるようになっていた。袁尚や審配は、それを袁紹に知らせまいとしている。鎮定できないほど、大きな叛乱でもないのだ。
「とにかく、病を癒されることです」
　毎日病床へ顔を見せる袁尚は、それだけを言った。
　鄴の城は、しっかりと固められている。たとえ曹操が三十万の大軍を送ってこようと、一年は充分に耐えられる。いまの曹操に、一年もの攻城戦を闘う余裕があるわけはなかった。その証拠に、倉亭であれほどの勝利を収めながら、曹操は兵を退かせている。
　自分の後継は袁尚だ、と心の中ではほとんど決めていた。ただ、それを口に出して言ってはいない。袁尚が自分を継ぐにしても、ずっと先の話だ。それまでに、袁譚や袁熙や高幹を、もっとまともな武将に育てあげておかなくてはならない。河北四州は、血の結束で守っていけばいいのだ。
　血の結束に異議を唱えた田豊は、官渡の敗戦のあとに処断した。文官としては惜しい人材だったが、袁家の結束の邪魔になる、という気がした。沮授も同様で、最初の敗戦の折りに、手枷と首枷を付けたまま、戦場に捨ててきた。当然曹操に捕えられ、脱走しようとして斬られている。

血の結束は、磐石になりつつある、と袁紹は考えていた。

袁家は、この国随一の名門である。

ただ、曹操がいるかぎり、自分の代では頂点に立たなければならない。しかし、袁尚の代になれば、袁家の王朝を作ることはできるはずだ。

「まず、河北四州を守れ。中原に進出する力を養うのに充分なだけの豊かさはある。しかるのちに、再び中原に臨みたい。そのころには、わしの病も癒えているはずだ」

審配を呼んでは、そう言い聞かせた。審配は、忠烈な男だった。戦になると主戦論を唱えることが多いが、それは生来の剛直さから来ているのだ。田豊ほど民政の手腕はないが、いまの袁家には、こういう男こそが必要なのだった。

青州や幽州からは、しばしば報告が入った。小さな叛乱は、しっかりと押さえこんでいる。民にはつらいことだが、新兵の徴発もし、調練も重ねているようだ。袁尚の二人の兄は、それぞれによくやっている。問題は幷州の高幹だが、この甥も期待以上によくやっていた。州内に、張燕を頭目とする黒山の賊徒を抱えている。場合によっては、審配に兵を付けて送らなければならないと考えていたが、その必要はなさそうだった。高幹が張燕を押さえこんでいるので、審配を袁尚に付けておく

ことができた。

袁尚には、学ばなくてはならないことが、まだ多くある。戦はなかなかうまい。しかし、民政の手腕はまだもの足りない。臆病ではないし、ところから、学び直さなければならないだろう。民政がなにかという

「曹操軍は、全軍で三十万。そのうち、外征できるものが二十万弱であろうと思われます。許都の周辺では、盛んに調練をくり返しております」

二日に一度は、曹操の領内に放ってある間者から、報告が入る。

「河水（黄河）沿いに、大規模な屯田も行っております。常時、三万の兵がそれに携わっているようです」

河水沿いの屯田は、河北四州を攻める時のために、兵糧をそこで賄おうという意図なのだろう。曹操は、じっくりと腰を据えて河北を攻めるつもりだ。

揚州には、孫策の弟の孫権がいた。若いが民政の手腕はあり、揚州の力は飛躍的にのびているという。荊州には劉表がいて、劉備を前面に出して曹操とむき合っている。揚州も荊州も、曹操と闘う時は、これまで以上に大事な存在になる。袁紹は、書簡を欠かさなかった。

そして、益州である。

劉璋が一応は州を押さえているが、漢中郡の張魯に悩まされ続けている。両者を和解させ、張魯の力を益州から中原にむけければ、曹操にとってはかなりの脅威になるはずだ。
　袁紹は、縁組みによる同盟を考えたが、それはうまくいっていない。張魯には家族があり、弟の張衛は妻帯する気がないという話だった。しかし、秋になるころには、病は、かなり重いものだ、と袁紹自身は思っていた。
　起きあがれるようにもなった。
　父も弟も、この病で死んでいる。突然、血を吐いてしまう病で、それまで大きな異状はない。医者によると、口から胃の腑に通じる道に大きな瘤があり、それが破れると大量の血を吐くのだという。
　食べものには充分気を配ったし、酒は控えていた。側室たちの弾く箏曲だけが愉しみの日々で、房事すらも断っていた。
　深夜に、ひとり眼を醒ます。
　戦に敗れ、疲れ果て、病んだ自分がいる。こんな姿をしているはずはない、と何度も自分に言い聞かせる。これは、夢だ。くり返しそう思っても、闇がいっそう重苦しくなってくるだけだった。

戦に、敗れたことはなかった。西園八校尉（近衛師団長）だったころも、軍の指揮で曹操に劣ると思ったことはない。頭の固い、年長の将軍たちの能力など、問題にもしていなかった。

はじめて敗れたのが、官渡だった。次に倉亭でも、策に嵌って完膚なきまでに打ちのめされた。負けの味。いままで想像したことすらなかった、自分の息遣いのひとつひとつが耳に響くほど、なまなましいものだった。拭っても拭っても、その味は消えることがなかった。

勝つ以外に、負けの味を拭い去ることはできない。痛いほど、それがわかった。いままで、悠揚とした戦をしてきた。それで、充分に力を蓄えてきた。そして曹操は、何度も必死の戦をくり返し、消耗し、疲れ果てていた。しかし、ほんとうにそうだったのか。自分が得て、曹操が失ったもの。それが間違いなくあるとしたら、自分が失って曹操が得たものも、またあったのではないのか。拭っては、それを見ようとしてこなかったのではないのか。

深夜、叫び声をあげたい衝動に襲われる。これが、名門袁家の当主の姿なのか。これが、河北四州を制した、袁紹本初の姿なのか。

負けたのは、二度ではないか。しかもその負けで、すべてを失ったわけではない。

河北四州は、相変らず自分の掌の中だ。ほんとうの負けは、河北四州のすべてを、曹操に奪われた時ではないか。

眠れない夜が多かった。朝になると、頭が重く、躰が痺れたような感じがした。動悸も激しかった。戦場を長駆したあとの、動悸の激しさに似ていた。

「審配、冀州の城の見回りをしてこい。おまえ自身の眼で、それを見てくるのだ。弱いところは、固めろ。弱兵の調練は怠るな」

そう命じたが、ほんとうは自分の眼で、自分の躰で、自分で行き、自分の眼で見せてやることも、必要だと思った。

しかし、躰は動かないのだ。動こうとすると、ひどい動悸がする。胸にある瘤が破れる、と医師たちは必死で止める。死してもなお、という気持はある。しかし、いま死ぬと河北四州はどうなるのか、とも思う。袁家の行末も心配だった。袁尚を、誰もが認める後継に育てあげなければならない。そのあとなら、曹操との戦に死を賭けて臨むこともできる。袁尚と審配を控えさせて、袁紹はそれを聞いた。

間者からは、全国の情勢が報告されてきた。

大きな動きはなかった。曹操は、力を蓄えようとじっとしているし、劉表は相変

らずで、その領内に寄食している劉備が、わずかに活発な動きを見せているだけだ。揚州の孫権は、民政に力を注いでいて動かない。益州でも、劉璋と張魯が小競合いをしているだけだ。
「いまこそ、民政が必要な時だ、尚」
「はい、充分に心得ています。四州からの税のあがりは、昨年より増えております。叛乱の賊徒は、すべて打ち払いました。父上が、御心配になるには及びません。それより、病を癒されることです」
　なにか足りない。袁紹はしかし、それがなにか言ってやることはできなかった。
　相変らず、孤独な夜に呻いているだけだった。

3

　張飛の騎馬隊が、めざましい動きを見せていた。四百騎である。趙雲の騎馬隊は八百騎で、そこから馬の扱いを習熟した者が、張飛の騎馬隊に移るのである。どちらが上ということはなく、張飛の隊が素速く動き、趙雲の隊が力で押すという騎馬隊の構えだった。それに歩兵が五千弱いて、およそ六千で劉備軍

は編成されていた。
　張飛は調練に熱心だが、趙雲の隊は副隊長格の二人が指揮していることが多かった。
　趙雲は、新野をあけていることがしばしばあるのだ。
　劉表に借りた新野一帯は、一万五千から二万の兵が養えると言われていた。代官を置いて、適当に治めてそうなのだ。三万は充分に養えると、民政を担当する孫乾と麋竺は見ていた。そのためにいろいろと動いてはいるが、劉備は六千以上に兵を増やさなかった。劉表の家中で、劉備が力を持つのを好まない者がかなりいるのだ。
　そういう配慮は、長い流浪で身につけたものだった。
　新野は、劉表の本拠である襄陽と、許都に挟まれるような位置にある。曹操が荊州に攻めこんできた時の楯代りであることは、はじめからわかっていた。周囲や州境の小城には、せいぜい五百ほどの兵がいるだけである。攻める時、曹操は小城には見向きもせず、最初に新野を落とそうとするはずだ。
　軍勢を、一万までに増やすつもりではいた。しかしそれより先に、劉備にはやらなければならないことが、数多くあるのだった。武器を調達し、武器倉に蓄えている。兵糧も、目立たないように蓄えた。馬も欲しかった。張飛の隊こそ、いい馬が揃っているが、趙雲の隊はまだ駄馬が半分だった。

そして、劉表の家中への工作である。
　蔡瑁という重臣がいた。いまのところ、この男が一番劉備に反感を持っている。蔡瑁は劉表の正室の蔡夫人の弟で、蔡一族が劉表軍の中では大きな力を持っていた。蔡瑁との決定的な対立は、劉備の構想に大きな破綻を招く。ここ三、四年は、劉備は劉表のもとで力を蓄えるつもりでいた。
　応累が迎えに来た。
　新野に来てから、応累は麋竺の下にいる文官を装っていることが多かった。小肥りの応累には、兵の身なりより、文官の姿の方が似合っていて自然だった。
「殿の従者は五人ほど。私の手の者に兵の身なりをさせて、五人。都合十人の警固で参りましょうか」
「多すぎぬか、応累？」
「いや、蔡瑁という男は、なにをするかわかりません。戦はしたがらないくせに、領内で武力を持っている者を、認めることもできないのです。こういう男が、一番悪質です。暗殺も狙いかねませんので」
「いまの私を暗殺して、劉表殿にどれほどの得があるというのだ」
「そこです。あまり損得を見通す力がなく、体面だけを考えるような男です。客将

として殿が曹操とむかい合っておられれば、劉表軍の総指揮者と自認している蔡瑁の体面には傷がつくわけです」
「劉表殿も、人に恵まれてはおらぬな」
劉表軍でまず名が挙がるのは、江夏太守の黄祖だった。かつて、孫堅と対峙してその命を奪った。孫策からは父の仇と攻められ、散々に打ち破られて家族をみな死なせたが、ひとりだけしぶとく生き延び、いまは孫権とむかい合っている。
この黄祖は、蔡瑁とてはずすわけにはいかないはずだ。いまも荊州の最大の敵は、揚州なのである。
黄祖をはずせば、蔡瑁が江夏で孫権と対峙するしかなく、その自信がないことは眼に見えていた。すると、劉備が眼障りということになるのだろう。
供回り十名で、劉備は応累を伴って出かけた。
新野の郊外では、毎日劉備軍が激しい調練をくり返している。特に、張飛の調練はすさまじいものだった。相当に強力な騎馬隊に育ちあがってはいるが、やはりかつての呂布の騎馬隊とは較べべくもなかった。いい馬を揃えているといっても、それは劉備軍の中で見た場合の話なのだ。呂布の騎馬隊は、それこそ一頭一頭が名馬と呼んでいいほどのものだった。
「やあ、大兄貴。お出かけですか？」

土煙をあげて駆けつけ、張飛が言った。張飛のそばには、王安がいる。童だと思っていたが、馬の扱い、武器の扱いは、並みの兵以上のものになっている。人の成長は早いのだと、馬を見ているとしみじみと感じた。
「調練を、見ていかれませんか?」
「いや、よい。おまえの騎馬隊の調練なら、いつでも見たい時に見られるであろうし」
「馬です。馬さえもっといいものを揃えられたら、精強な騎馬隊に育ちます。それを、兄上に見ておいていただきたいと思いまして。劉表殿と会われるのでしょう?」
「ないものをねだったところで、仕方があるまい、張飛。それに、劉表殿が馬を回してくださるとも思えぬ」
「まったく、われらに曹操と闘えと言っているくせに、馬一頭も寄越さぬとは、劉表もけちな男ではありませんか」
「よせ、張飛。揚州の孫権がいつ動くか知れず、山中で境界を接している漢中の張魯も、しばしば侵入しているという。劉表殿も大変なのだ」
「大兄貴はそうおっしゃいますが、一番の敵は曹操だと俺は思います。わが軍を強化しなければ、曹操はあっという間に襄陽へ攻めこみますぞ」

「それを止めるのが、われらの役目だ」
「だから馬なのです、大兄貴。曹操がどれほどの大軍で攻めてこようと、騎馬隊でひっかき回してやれば」
「くどいぞ、張飛。われらの力だけでやる。そういう約束で、劉表殿はこの新野をお貸しくださったのだ」
「われらは、躰を張って曹操を止めるのです。武器と馬ぐらい頼むのは、当たり前ではありませんか。劉表のけち野郎め」
「よさぬか、張飛」
　張飛は、すべてがわかって喋っている。劉表や蔡瑁の間者が、多分かなりの数入りこんでいて、それに聞かせるためだ。部将たちの不満を、劉備が押さえている。
　そういうふうに受け取られれば、疑念も反撥も弱いものになるかもしれないのだ。豪放な性格を装っているが、張飛にはそういう細心さもあった。考えるのではなく、感じてやってしまうのだ。理詰めの関羽とは、そこが違っていた。
　自分にむけてくる思いも、関羽の場合は一途な忠誠だが、張飛にはどこか肉親に対する愛情に似たものがある、と劉備は思っていた。王安の扱い方を見ていても、人に対する思いで、張飛の中ではそういう感情が一番強いのかもしれない、という

気がした。
「とにかく、兵を鍛えあげるのだ、張飛。それがおまえの仕事で、あとのことは私が考える」
 不満そうな表情で、張飛は横をむいている。遠くの丘では、張飛の三百騎が、土煙をあげて駈け回り続けていた。
「立派な兵になったな、王安」
 張飛から眼をそらし、劉備は言った。恥しそうな表情で、王安が頭を下げた。
「調練でも、短戟(たんげき)を遣(つか)うようにしたのか?」
「はい。長柄の戟とは、馬の扱い方が違いますので」
「生意気を言うな、小僧のくせに」
 張飛が言う。
「こいつは、そこそこに馬に乗り、そこそこに短戟を遣います。つまり、そこそこの男なのですよ、大兄貴」
「おまえが王安の歳(とし)には、そこそこの男と言われていたのか、張飛?」
「俺は、暴れ者でした。若いころは、暴れ者でいいのです。こいつは、妙に大人ぶったところがありまして、そのくせちょっと厳しくするとすぐ泣きます」

「私は、この四カ月、一滴の涙も流しておりません」
「やさしくしてやったからな。そのうち、また泣くさ」
「泣きません」
　張飛と王安の、こんなやり取りはいつものことだった。時にはは王安が殴り倒されたりもしているが、そういう時も張飛は決して急所を打ったりはしない。
「とにかく、馬です、大兄貴」
　張飛のそういう声を背にしながら、劉備は駈けはじめた。
　襄陽から北へ十里（約四キロ）のところに、小さな庵があった。劉備が案内されたのは、そこだった。すでに、馬が一頭繋がれている。
「わざわざ、申し訳なかった、伊籍殿」
　庵にいるのは、従者をひとりだけ連れた、伊籍機伯である。年齢ははっきり知らないが、三十歳ぐらいだろう。痩身で、涼やかな眼をしていた。
「いやいや、襄陽にいても、気が塞ぐばかりです。特に、軍事ではある一族が実権を握ってしまっていましてな」
　笑いながら、伊籍が言った。ある一族とは、蔡一族を指すことは、わかりきって

いる。それでも、伊籍はその名を口にしたことはない。襄陽で蔡一族の悪口を言うのは、自殺行為に等しかった。
「劉備様も、あまり襄陽を敬遠なされぬことです。新野にばかりおられたのでは、襄陽の動きが肌で感じられず、思わぬ落とし穴に落ちかねません」
「そうしよう。気が重いことではあるが、蔡瑁殿とも時々は酒を酌み交わしたりするつもりでいる」
「その時は、お立てになることです。蔡夫人の実弟、つまり劉表様の義弟でありますから、多少お立てになったところで、劉備様の沽券に関わることもございまい」

伊籍に会うのは、三度目だった。前の二度は、ともに襄陽でだった。糜竺と孫乾が、劉表から新野を借りる交渉をした時、蔡瑁の意見を押さえてそれを劉表に勧めてくれた、という話は聞いた。それ以来、蔡瑁との仲はあまりよくないという話だが、伊籍は恬淡としていた。
「伊籍殿には、ずいぶんとお世話になった。お礼を申しあげる機会とてなかったが、こうして二人で会うことができたわけだし」
「そういうことは、おっしゃられないでください、劉備様。私は、以前に劉表様に

御恩を受けたことがあります。それで少しでもお返しができればと、幕客に参じております。私がしたことは、劉表様のため、と思っていただいて結構です」
「それでも、私は助けられた」
「人のめぐり合わせとは、多分そんなものなのでしょう。曹操より劉備様の方が危険だと判断していれば、新野にお迎えすることに反対したでありましょうし」
「蔡瑁殿とも、私のことでまずくなったという話を聞いた」
「それも、めぐり合わせです。劉表様のためにいいと思えることなら、私は誰と対立しようと申しあげます。たまたま幕下に招かれている食客に過ぎないのです。一度でも、私の意見が劉表様の役に立てばいい、と思っております。それで、幕下を去ることになっても、仕方がないと思います」
劉表のそばにいる男と、誼を通じておきたい、という思いがあって、劉備は伊籍と会いたいと思ったのだった。どうやって役に立てるかは、それから考えるつもりだった。片脚を、自分の方に踏みこませておけば、という狙いだった。
その狙いを、劉備は早々に捨てた。伊籍のために用意した贈物も、出さないことにした。
こういう男は、損得では動かない。それが、なんとなくわかった。動かすより、

「お互いに信じ合える関係になることだ。今日は、お礼だけ申しあげるつもりだった。襄陽で私が伊籍殿をお訪ねすれば、御迷惑になるかもしれぬ、と思いましたので」
「なんの。私ごとき、どなたと会おうと家中の人々に気にされるような存在ではありません。ただ、劉備様がそのようにお気遣いくだされたことは、忘れません」
「伊籍殿だけには、正直に申しあげておこう。そうするのが、礼にかなっているという気がする」
劉備は、伊籍の涼やかな眼を見つめた。
「私は、劉表殿に味方しているわけではなく、ただ曹操を敵としている。無論、袁紹殿の味方でもない」
「曹操を、ですか」
「較べるには、あまりに私は小さ過ぎる。だからおかしなもの言いに聞えるだろう。しかし、私の敵は曹操なのだ。劉表殿が曹操と組めば、私は新野を、荊州を去る」
「正直なお気持を、聞かせてくださいました。たとえそうであっても、なかなかそうとは言えないものだと、私は思います」
「嗤ってくれ。一万にも満たぬ軍勢で、しかも客将でしかない私が、中原を制し、

「袁紹殿をも破った曹操を、ただひとりの敵としているのだ」
「見事なお覚悟です。いま曹操に靡く者こそいても、曹操ひとりを敵と言い切られるとは」
「愚かなのかもしれぬ。ただ、私はここで漢王室を潰したくないのだ。この国には、絶えることなく続く帝の血というものが必要なのだと思う。帝のもとで、覇者が権力を持って政事をなせばよい。だが、国の秩序の中心として、いつも帝の存在が必要なのだ、と思っている。曹操は、その帝の血を断ち、自らが新しい帝になろうとしている、と私には見えるのだ。それは、また次に帝たらんと望む者を生む。権力と権威がひとつになれば、この国の争乱が熄むことはない」
「誰もが、そこまで考えてくれればいいのですが。おのが領土を守り、拡げる。そればかしか考えていない者が、多すぎます」
「私も、そう見えるかもしれないのだ、伊籍殿。志は、黙して語らぬ。ただそれを目指す。そういうものかもしれぬ。言葉でしか語れぬ私は、女々しいのだろう」
「いや、劉備様とこうして話ができて、よかったと私は思います。曹操ひとりが敵、いいことを、お聞きしました。それは、決して劉表様の敵ではない、ということでもあります」

「曹操が攻め寄せたという以外でも、たとえば領内で賊徒が暴れていたりしたら、私は喜んで兵を出そう。そういう働きをすることで、蔡瑁殿にも、多少は認めていただけるように努力しようと思う」
 かすかに、伊籍が頷いた。
「こういう男は、一度味方にすれば、心強いものがあるのだ。
「一度、劉琦様にお会いいただけませんか。このようにして、ひそかにです」
「劉表殿の御長男だな。こんなかたちでお目にかかるのは、多分難しいと思う。私も、劉表殿の後継については、いろいろ噂を耳にしているが、私が関わる問題ではない。客将の分は忘れないつもりだ」
「そうおっしゃられる、と思いました」
 伊籍が笑った。この男は自分を試したのか、と劉備は思った。劉琦に肩入れするということは、劉表の後継者の争いを通じて、荊州に野心を持っていることを示すようなものだ。
 高齢の劉表には、長男の劉琦のほかに、現夫人である蔡氏が生んだ幼い劉琮がいる。
 蔡瑁は、劉琮を後継につけるために、軍もまとめているという。
「私も、ひとつだけ正直に申しあげておきます、劉備様。私がかつて受けた恩は劉表

様であり、同時に前の夫人の陳氏からでありました」
 陳夫人が、劉琦の母親になる。
 後継の争いでは劉琦につく、と伊籍は言っているのか。劉備は、さまざまなことを伝えようとしているのか。まだ自分を試そうとしているのか。もう少し別なことを考えた。
「他意はありません、劉備様。私は、劉備様が曹操を敵とされているように、蔡瑁を敵としているのです。しかし、劉琦様を後継にと推しているわけではなく、ただ劉琦にも、生きていただきたいと願っているだけです」
 劉琦を抹殺しようという動きを、蔡瑁は見せているのかもしれない。やはり、劉琦に会うのは危険きわまりなかった。
「お互いに、敵はいます。しかし、私の敵は小さすぎるようです」
 伊籍が笑った。
 役には立つが、危険な存在でもある、と伊籍は自分について教えているのかもしれない、と劉備は思った。当たり前だ、という気もした。危険ではない男は、役にも立たない。
「またいずれ、伊籍殿」

劉備は頷いた。
荊州でやらなければならないのは、戦だけではなかった。あらゆる意味で力をつけなければならない時、こういう男も必要になってくるのだ。伊籍が黙ってついてくるようでなければ、自分の将来も知れたものだ、と劉備は思った。

4

大型の軍船を、百艘並べてみた。
さすがに、長江を埋めたように見えた。一艘に二百人の兵が乗っている。二万の軍勢になるのだ。実戦の時も、同じ状態だろう。一艘に兵を詰めこみすぎるのも、危険だった。
周瑜が育てあげた水軍である。兄の孫策が死んでからは、水軍の調練に余念がなかったのだ。皖口に二十艘、予章郡巴丘に五十艘。周瑜は一年の半分を建業で過し、水軍の調練に余念がなかったのだ。
大型の軍船は、それだけ揃った。中型や小型の軍船、輸送船を含めれば、厖大な数になる。

外のことは周瑜に、民政は張昭に相談しろという孫策の遺言を、孫権は忠実に守ってきた。その周瑜と張昭の意見が一致したのが、水軍の強化だった。
 揚州は、豪族が多かった。ひとりの力は強かった。大事なことは、有力な豪族も加えた会議で決める。民政なんどについてはそれもいいが、軍事になると即断が必要なことも出てくる。つまり、孫権直属の軍が必要なのだ。水軍としてそれをまとめていけば、豪族たちの反撥は少なかった。
 陸上の兵を減らし、水軍を増やす。水軍には、陸上での戦闘能力も当然与える。大きな攻城兵器などは無理としても、騎馬隊などを水軍の中に作るのは可能だった。豪族たちの力が少しずつ弱くなり、孫権の力が増してくる。孫策のように斬り従え、刃向かう者は滅ぼすというだけでなく、孫権にもよくわかっていた。そがいまは必要なのだということが、孫権にもよくわかっていた。
「見事なものだ。さすがに周瑜。軍船の動きに無駄ひとつない」
 そばにいるのは、張昭と魯粛だった。魯粛は、周瑜に推されて仕官してきた。孫権は、周瑜に言われた通りに、魯粛を重臣として遇した。自分にはまだ人を見きわめる力はないと判断したので、周瑜の意見に従ったのだ。そうすべきだと思った。

周瑜を、兄のように信頼してもいたからだ。

それでも、孫権は魯粛を見続けていた。

周瑜の意見に従ったのが、間違いではなかったのだ、といまははっきりと思える。

つまり、自分の判断は、あれでよかった。

魯粛は、豪族との軋轢を、実に見事に押さえている。さすがに何人かいた。その何人かと粘り強く話し合い、こちらに取りこんだのは魯粛だった。周瑜は、軍事の才能を買っているようだったが、外交の才能もある、と孫権は見ていた。

陸上の軍勢は、豪族が率いるものをできるだけ減らし、程普、黄蓋、韓当という古い将軍のもとに、孫権軍として再編していく。さらにその中の精鋭を、太史慈のもとに集め、旗本とする。豪族は、兵と兵糧を供出するかぎり、その領地は孫権軍に守って貰える。そういうかたちを、魯粛は時をかけて少しずつ作ろうとしていた。

軍を全部、自分と自分の幕僚が掌握していれば、たとえば曹操が攻めこんできたとしても、豪族の草の靡きに悩まされることは少なくなる、と孫権は思っていた。

「兵の移動も兵糧の輸送も、船の方がずっと速いことは、すでに実証済みだ。私はいずれ荊州を攻めなければならぬが、その時は水軍が主力になっていくと思う」

「まだまだ、揚州の力は弱いものですぞ、殿。荆州を攻めて、そこを奪ったとしても、いたずらに領地が拡がったということにしかなりません」
「わかっている、張昭。曹操はこれから、河北の制圧にとりかからなければならないだろう。その間に、民政を充実させ、軍を精強にしろと言うのだろう。しかし、私は黄祖が生き延びて、まだ江夏太守のままだ。荊州を奪うかどうかは別として、私は黄祖だけは討っておきたい」
「それだけならば、私もとやかく申しません。孫策様も、風のように江夏を攻め、風のように戻ってこられました。その間、揚州には何事も起きませんでした。黄祖を討つ。やがていつか、その背後にいる劉表も討つ。これが孫家の悲願であることは、私もよく承知しております」
そして曹操も、と言いかけて、孫権はやめた。中原を制し、河北四州の制圧にとりかかろうという相手である。自分はまだ、いかにも小さすぎる。
しかし、若いのだ。曹操より、はるかに長い時が与えられている。
それに孫権は、兄孫策の死が、曹操による暗殺であることは間違いない、と思っていた。その仇は討つ。弟として当たり前のことだ。ただ、急いではいないのだ。
孫家が揚州に覇を唱えてから、まだ数年しか経っていない。

「劉表にも水軍はいるが、陸兵の掩護部隊にすぎない。荊州の水軍の十倍の力を、わが水軍は持っている、と思っていい」
「水軍に、陸戦の調練もなさることです、殿。最後は、敵の城を落とすことで、勝負が決するのですから」
　魯粛が言った。逸るな、と二人して言っているようなものだ、と孫権は思った。逸ってはいない。五年先、十年先のことまで、しっかりと考えておきたい、と思うだけだ。
　その夜は、周瑜と二人だけの酒になった。
　周瑜とはよく飲んだが、大抵は魯粛か張昭が一緒で、時には太史慈が同席することもある。
「これだけの水軍が整えば、兄上ならためらわず江夏を攻められたであろうな」
「これだけ整わなくても、孫策殿は攻められたでしょう。内に殿がおられた。それは大きなことだったのです」
「私も、攻めてください、と申しあげただろう。内は私が引き受けますからと」
「急いではなりません、殿。孫策殿は、いつも急いでおられた。命を落とされたのも、急いだことと無縁とは言いきれないのです。急げば、どこかに隙が出ます」あ

の場合、孫策殿御自身に、隙が出たのだと思います」
「私は、若い」
「孫策殿も、若かったのですよ、殿。それが、曹操や袁紹より有利な点だ、とはっきり言っておられた。その若さがまた、隙を作ってしまった」
「まこと、竜巻のようなお方であったが、竜巻はいつも通り過ぎるだけだ。通ったところを、ただ破壊する。私には、やりたくてもああいうことはできまい」
「竜巻ですか」
周瑜は、遠くを見るような眼をしていた。
孫策と周瑜が、水陸の両面から進攻していれば、曹操でさえ、防ぎきれたかどうかわからない。それほどの時を待たず、曹操や袁紹と拮抗する勢力になれたはずだ。荊州の劉表など問題ではなかっただろうし、曹操や孫権はしばしば考えた。
そして、天下。
自分には、まだ遠いことだった。孫策と同じ方法が、とれるわけはなかった。自分には、自分のやり方があるはずだ。そしていまは、そのやり方をしっかり決めようとしている時期だ。
「孫策殿は、いつもなにか満たされていないところがあった、と私は思います」

「周瑜のような、いい友がいても。姉上のような、いい妻がいても?」
「そういうことで満たされるのとは、まるで違うもので、孫策殿はいつも飢えていた。心が、叫び声をあげていた。その叫びを、私は何度か聞いた、という気もします」
「兄上の叫びか」
「なぜか、時々ひとりになることを好まれた。幼いころから、そうだったのです。それに耳を傾けるのこそ、友であった私の、やらなければならなかったことだと、悔いが残ります」
「しかし、なにが満たされていなかったのだ。すべてを、自らの手で摑まれた方だった。袁術のもとから、わずかな人数で出発して、あっという間に、揚州を手にされた。天下への思いは、わかる。しかし、それは満たされぬ思いとは違う、という気がする。遠くに見据える、志ではないか」
「それが満たされぬ思いとして、心が叫び声をあげるほどになる。英雄の心とは、そうしたものかもしれない、と私は最近考えています」
「英雄の心か。周瑜が言うのだから、そうなのだろう。私も、兄上の心の中に、癒

し難いような、悲しみに似たものがある、と思ったことがある」
「私には、英雄の心のすべてはわかりません。孫策殿は、私にとってはいつも、強い風でした。そう、竜巻のような、抗い難い風です。じっとしていれば、そのまま置き去りにされる。そんな恐怖さえ、感じたものです」
「周瑜でさえか」
「それも、幼いころからです」
 周瑜は、なにかを思い出しているのか、眼を閉じた。美周郎と言われたほどの、揚州きっての美男である。眼を閉じると、端正な顔にもの悲しい翳りが落ちる。
「二人でひとり。兄上はそう言われた」
 孫権も眼を閉じた。孫策の死顔が、まざまざと浮かんでくる。
「二人でひとりなのに、自分は死んでゆく。だから内だけを固めよ、と言われた。内が固まったら、周瑜と二人でひとりになれと」
「孫権殿の代りはできません。これは、何度も申しあげていることです」
「私に、孫策殿の代りはできません。周瑜と二人でひとりになればいい。そういう意味だったのだと、いまは思っている」
 静かな夜だった。

孫権は、周瑜と自分の杯に酒を注いだ。
「あと二年。それぐらいですか、内が固まるのは」
「それまでは、周瑜には建業と皖口をしばしば往復してもらわねばならなくなる」
 周瑜の本拠は予章郡巴丘だが、遠すぎるのでいまは皖口に留めている。皖口には、大規模な造船所を作り、伐り出した木材なども蓄えられていた。
「南が、不安です。いまのままでは、押さえが不足しています」
「わかっている。魯粛が兵力を増やす方向で動いている。私としては、周瑜が南へ行ってしまうことの方が、ずっと不安なのだ」
 これは、本音だった。古くからの将軍たちもいるが、いま孫権軍を統率しているのが周瑜であることは、誰もが認めていた。
「静かですね。こんな夜、孫策殿はいつもひとりになりたがった。ひとりで、なにを見つめていたのだろう、とよく考えます」
 風もなかった。
 静けさの中に音を搜そうと、孫権は耳を傾けた。自分の息遣い。灯芯の燃える、かすかな音。周瑜の身動ぎの気配。
「まだ、戦をしたことがない。揚州孫権軍として、大きな戦に臨んでいない」

「それこそ、急ぐ理由のないことです。いやでも戦になることが、これからはしばしば起きます。殿が、御自身で戦場に出られることも」

周瑜（しゅうゆ）は、外の闇（やみ）に眼をむけていた。なにか見えるのかと孫権（そんけん）も視線をむけたが、闇があるだけだった。

勇者の寄る辺

1

夢を見た。
夢とは言えないのかもしれない。
眠ってはいないからだ。それでも、張衛には夢としか思えない。平原を駈ける馬。一頭である。跨っているのは、自分だった。ただ、駈けている。
一度だけではなく、このところしばしば見る夢だった。自分の姿に、そう問いかけそうになる。どこへ行こうとしているのだ。
いつもの、岩の頂だった。上半身は、裸である。大抵は座りこんでなにかを考えているのだが、時々夢とも知れぬものを見ることがあった。
考えなければならないことは、いくらでもあった。

曹操と袁紹が、ついにぶつかった。大軍が二度ぶつかり、二度とも曹操が勝った。袁紹が中原を攻めるという恰好だったものが、曹操が河北を攻めるというかたちに変わった。二度の大戦で、立場が入れ替わったのだ。

曹操はいま、中原で兵を養っている。病に倒れたという噂の袁紹も、まったく動きを見せていない。めずらしく、この国には静かな日々が続いていた。

漢中郡も、静かである。これまで劉璋が送ってきた兵のすべてを、打ち払っていた。劉璋も、漢中をどうすればいいかわからないというところだろう。

漢中郡だけを守るつもりだったが、山が連らなっているので、五斗米道軍の力は自然にその山全域に及ぶようになっていた。益州巴西郡の北東部はもとより、荊州魏興郡の一部も入っている。山岳部を制しないかぎり、五斗米道の本拠である南鄭は守りにくいのだ。

兵は六万に達していた。武装は充実しているし、騎馬隊は二千にまで増えている。劉璋の軍が攻めてきたところで、原野戦でも打ち破れる。事実、二度ほどそうやって打ち払っていた。

山に引きこんで闘うのは、原野戦よりも兵の犠牲が少なくて済むからだ。山は全体が砦のようなものなので、到るところに罠が仕掛けてあった。

勢力がのびている。張衛は、それを如実に感じていた。兵が十万に達すれば、劉璋を益州から追い出すのも、できないことではなかった。いまでも、長安にはほとんど抵抗を受けることなく出ることができるし、荊州北部を奪うこともできた。事実、荊州支配地を拡げないのは、これ以上大きくすると目立ち過ぎるからだ。北部では、しばしば劉表の軍とぶつかっている。いまのところ精鋭ではないが、これ以上拡がろうとすると、必ず精鋭を出してくるはずだった。

本営は、南鄭の仮義舎（信徒の宿泊所）だった。兄の張魯は、南鄭郊外の山の頂の館から動こうとしない。教祖はそうあるべきなのだ、と思っているようだった。

五斗米道軍は、信者から兵を募り、兵糧を集められるという、ほかの軍にはない有利さを持っていた。しかし、教祖の張魯が討たれてしまえば、それで終りなのだ。

そこが、五斗米道軍の脆さでもあった。

張衛は、兄の館の周囲に、三重に祭酒（信徒の頭）たちの義舎を作った。張魯が信徒に会うのは仕方のないことで、せめて祭酒たちに守らせようと思ったのだ。そのため、腕の立つ祭酒を選んで、側につけてもいる。

張衛はまた、原野を駈ける自分の姿を見た。どこへ行くのだ。声に出して呟いてみる。声は、風に吹き飛ばされるだけだった。

張衛が岩の上にいるのは、夜明け前から、陽が朝の光線を放ちはじめるまでのことが多かった。それは日課で、特に考えなければならないことがある時は、夕刻から夜明けまで座っていることもある。
 岩を降りると、張衛は着物を着こみ、馬に乗った。岩のすぐ近くに屯営がひとつあり、三百ほどの兵がいる。伯父の鮮広が、一年前にそこに作らせたものだ。岩の頂にひとりでいる自分を警固するためだ、と張衛は思ったがなにも言わなかった。揚州で、孫策が暗殺されたのも、ひとりで動き回っていたからだ。自分にもそういう手がのびてこないともかぎらないが、ついほかのことを考えて周囲への注意はおろそかになる。
 鮮広は、それを心配したようだった。
 屯営では、高豹が二十名の部下と待っている。信者の中でも、特に武術が優れている者を白忠が選び出したのだ。旗本として付いている、という恰好だった。昨年のはじめから、いわば張衛の
「仮義舎へむかうぞ、高豹」
 馬に跳び乗り、張衛は言った。
 荊州魏興郡の西城に、一万ほどの兵が集結しているという知らせが、きのう入ってきた。西城の北の山岳部は、五斗米道軍の勢力下である。劉表が、それを追い出

そうと動きはじめた、と考えて間違いはなさそうだった。
仮義舎では、白忠と任成がすでに待っていた。
ある時は、それに鮮広が加わる。
軍の編成は、大隊長十名の下に、隊長百二十名である。軍議は三人で、特に大きな問題が
ある時は、それに鮮広が加わる。
軍の編成は、大隊長十名の下に、隊長百二十名である。白忠と任成がそれぞれ三万ずつを指揮していた。その上に、張衛がいるというかたちだ。
「一万は集まっている、という話です。兵糧も運びこまれているようで」
「そちらはいい。成都に放った者が戻るのを待とう」
ここで考えなければならないのは、益州の劉璋と荊州の劉表が、連合して五斗米道を討とうとしているかどうかだった。ともに、漢王室に連らなる同族である。た
だ、いままで両者に連合の動きはなかった。
「あの山中に展開しているのは、三千の兵にすぎません、張衛様」
「わかっている。もう一隊送れ。大隊長もひとり」
大隊ひとつが、六千だった。十大隊とは別に、張衛が指揮する騎馬隊が二千いる。
騎馬隊の指揮だけは、張衛はこだわった。
「大隊ひとつで、足りますか？」
「山から降りて、戦をすることはない。攻められれば、山に引きこむ。攻めてこな

「その戦法で、二度闘っております。劉表軍も、劉璋軍と同じようなことをくり返すでしょうか?」
 ければ、山から動かぬ。そういう戦法でいいではないか、任成」
「やってみなければ、わからん。ただ、五斗米道の敵は、あくまで劉璋だ。荊州の山岳部にまで兵を展開させているのは、そちらから劉璋軍が迂回してくると厄介なことになるからで、荊州を侵すつもりはない」
「それを、劉表に知らせることはできないのですか?」
「そんなことは、何度もやっているのだ、任成。どこでも行われている。こちらの説明を、劉表が真に受けなくても仕方がない、というところもある」
「そうですね」
「とにかく、五斗米道は魏興郡の北の山岳部から、さらに荊州に入るつもりはない。攻めてきたら打ち払う。それだけは、こちらの動きで教えるしかあるまい。
だ」
「わかりました。山中の仕掛けなども、さらに念入りにさせます」
「とにかく、それは速やかにやれ。それから定軍山に三万を集結させておく」

劉表が本気であるとは、張衛にはちょっと思えなかった。連合などなくても兵を出す可能性は本気なのは劉璋の方で、荊州とぶつかっていると知ると、本気なのはある。
「教祖への報告は、私からしておく。任成は魏興郡の増援を出したあとは、山中、特に巴西郡の山中の守りを固めよ。白忠は、定軍山の軍の指揮」
　二人が、頷いた。
　兄張魯への報告は、短い言葉で済むだろう。張魯はこのところ、戦に対して関心を失っているように見える。兵となった信者たちの口に、米粒を含ませることだけを、ほとんど習慣のようにこなしている。あとは、館で巫術をなし、病人と会う日々だった。
　南鄭の軍が動きはじめた。調練の時もそうなので、人々に驚きの表情はない。南鄭が攻められることなど、決してないと思っているのだ。それは、軍の力によるというより、教祖の力であるとみんな思っている。軍は、教祖に力を与えられて動くので、決して負けることもない。
　成都の劉璋軍にまったく動きがない、という知らせが入ったのは、二日後だった。
　それからすぐに、魏興郡の山中に、劉表軍が攻めこんできた。およそ一万ほどである。
　山中の仕掛けの中で、はじめは散々に打ち破り、およそ四千近くを討ち取っ

たのに、どこからか三千の援兵が現われ、六千を追い散らすと、山中に残った劉表軍を助けて西城に戻ったという。

張衛は、首を傾げた。損害は大したことはないが、その三千の動きがあまりに鮮やかで、これまでの劉表軍とまるで違ったのだ。

「どう思われます、伯父上は？」

南鄭の郊外の庵で、張衛は鮮広に訊いた。

「劉表が精鋭を出してきた、というのもちょっと変だ。わずか三千でこちらの大隊を打ち払えるのなら、はじめからそれを出してくれればいい」

「私も、そう思います」

無論、間者に探らせてはいた。

劉表の当面の敵は、揚州の孫権であり、やがて南下してくるであろう曹操が、将来の大敵になる。二方向からの敵への備えで、劉表は手一杯のはずだった。おまけに蔡夫人の弟の蔡瑁が、軍をいいように動かし、二十万近いと言われる大軍も、どこかでまとまりを欠いている感じがある。

そういう劉表が、わずか三千の精鋭を送ってくるのか。増援を送るなら、多分大軍のはずだ。そして、益州の劉璋とも連合してかかってくる。劉表とは、そんなふ

数日後に、西城の軍についての情報が届けられた。
はじめに集結した一万は確かに劉表の軍だが、三千は後詰で、二千数百の歩兵だという。指揮するのは張飛の軍だった。騎馬隊が三百ほどと、客将である劉備の軍だった。
「しかし、なぜわが軍が追い散らされたのだろう？」
追い散らされた兵たちの訊問もしていたが、突然高いところから攻め降りてきた、ということしかわからなかった。
「これは、山の備えが崩されたということになります、伯父上」
「慌てるな、張衛。その軍がまだ西城に留まっているというなら、平地での戦を仕掛けてみろ。山中では、たまさかわれらの通路を進んでしまった、ということもある」
「そうですね。実力を測るには、やはり平地でしょう」
南鄭から西城まで、それほど険岨ではない谷間の道が一本だけある。ところどころには、平らな草原もあった。
その谷間の道に軍を進めていけば、当然敵も迎え撃ってくるはずだ。それに張衛の騎馬隊。全軍で一万四千と決めた。決めた大隊が二つで一万二千。うに抜け目のない男だと張衛は見ていた。

だけで、すぐに進発はしなかった。さらに、西城の様子を探らせたのである。
張飛の三千は、城外で野営していた。城に戻った劉表軍は、守兵と合わせて八千というところだが、負傷している者が多い。
そういうところまで確かめて、張衛はようやく兵を出す決心をした。

2

荊州北部から集めた一万だったが、劉表の軍はどこか緊張を欠いていた。魏興郡に侵入している五斗米道軍を打ち払え、という襄陽からの命令である。
張飛は援軍という立場だったが、劉表軍の部将は、後詰を命じてきただけである。なんとなく進軍し、なんとなく山に攻めこみ、囲まれてどうにもならなくなった張飛は、二百ほどの遊軍を斥候代りに出しただけで、本隊は後方で待機させていた。
山が危険だということは、遠くから見ただけでもわかった。地形を見てもそう思えるのだが、そんなことよりも山全体が、生きているものの気を放っていた。
その山に、劉表軍一万は、まるで鹿でも狩り出す時のように攻めこんでいったの

勝敗は、はじめから見えていた。指揮をした部将は、失禁していて、西城に入ってもまだ震えていた。山中で孤立した軍を救い出し、西城に戻ってくるだけで精一杯だった。
　激しい戦をくぐり抜けていない軍とは、そんなものなのだ。頭で考えると同時に、肌でもなにかを感じなければならない、ということを忘れてしまっている。血を見ただけでも、動転するのだ。
　後詰の任は、果した。襄陽に、戦況の報告も入れた。ひき続き、西城に滞陣せよ、と劉備からの命令も届いた。
　城内の兵舎を提供するという申し入れがあったが、張飛は城外での幕舎暮しを選んだ。その方が、調練をやるのには便利だ。いざという時にも、動きやすい。
　五斗米道を相手に、城に籠るなどという戦は考えられなかった。攻城戦など、そもそもせいぜい六万。しかも、絶えず劉璋の脅威を受けている。漢中を中心に、きるわけがなかった。山から降りてくることもないだろう、と張飛は見ていた。
「肉や酒が、城から運ばれてきております」
　王安が報告に来た。

「今夜じゅうに、酒は捨てて水と入れ替えろ。肉は、三分の一を塩漬けに、三分の一を干肉にしろ。残りは、兵に出してやれ」
「不自由なものがないか、とも訊いてきています」
「武器だ。なんでもいい。とにかく武器が不足している、と言ってやれ」
「城内で、軍議を開くそうです」
「そうか。肉や酒はそのための餌か。よし、武器の手当てがつくまで、軍議には出られんということにしよう。王安、俺の蛇矛だけは別として、五百人分の武器を適当に選んで、幕舎のひとつに隠しておけ。五百の兵は、丸腰ということにするのだ」
「それは、いい考えです。なにかあれば、城内ではわれらに闘わせようとしているのですから」
「余計なことは言わなくていい。おまえはつまらぬことを喋りすぎる。舌を引き抜かれたくなかったら、黙っていろ」
王安が、にやりと笑った。
「なにがおかしい？」
「黙っていろとおっしゃられたので、喋れません」

「余計なことを言うな、と言ったのだ。俺の質問には答えろ」
「城内の厩に、いい馬が一頭います」
「ほう。どんな馬だ」
「汗血馬ですね、あれは。大きな馬で、殿によく合います」
「俺の馬が、蹄をいためている。それも言ってやれ。俺は馬の手当てで、とても軍議に出るどころではないとな」
「お気に召しますよ、きっと」
「それが、余計なことだ」
 張飛が突き出した拳を、王安は身軽にかわした。そのまま、頭を下げて駈け去ってゆく。
 翌日、城内の武器倉を開けたと言ってきたので、五百人の兵を手ぶらで行かせた。すぐに、思い思いの武器を担いで戻ってきた。
「余ったものは、新野へ運ぶぞ。輜重に積みこんでおけ」
 馬は、届かなかった。軍議の招集だけが執拗に続いたが、張飛は野営地を動かなかった。
 一万四、五千の軍勢が、南鄭を発して州境にむかっているという情報が、数日後

に入ってきた。輜重の数からいっても、漢中郡の中だけを移動しているのでないことは、明白だった。
さすがに、張飛は城内の軍議に出かけていった。
「俺には、馬がない。長年乗っていた馬が、蹄をいためてしばらくは乗れません。したがって、先鋒などとてもできません。後詰さえも、難しいかもしれない」
「馬はある」
言ったのは、守兵を指揮している、初老の部将だった。山へ攻めこみ、失禁してふるえていた部将とは違う。この地方の豪族なのだろう、と張飛は思った。
「駄馬では、指揮は執れませんぞ。俺の騎馬隊は、風のように速い。よほどの馬でなければ、大軍を相手にするのは無理だ」
「御覧になればよい。多分、気に入っていただけよう。その馬を差しあげたら、先鋒をつとめていただけますか?」
「見てみるまで、なんとも申しあげられません。もし気に入れば、わが軍が敵を止めましょう。先鋒などでなく、わが軍だけでいい。それぐらいの調練はしてあるし、いままでずっと、寡兵で闘ってきた」
「われらは?」

「城を守られればよい。城を攻囲するほど、敵に余裕はないはずです。劉璋が攻めるでしょうから。とにかく、領内を、しかも谷間の道を侵されたとなると、劉表殿のお名前に傷がつく。漢中に追い返せればそれでよし。追い返せなかったとしても、劉備軍の張飛が負けたということにしかなりません」
「見事なお覚悟ですな。ならば、馬を見ていただこう。私の館の厩におります」
頷き、張飛は腰をあげた。
軍議などというものではなかった。山の中で失禁した部将は、すっかり萎縮して、まったく発言をしない。守兵の指揮官は、もういい歳だった。
「まったく、頼りにならぬ大将を寄越したものです、襄陽は。蔡瑁あたりが決めたことでしょうが、人を見る眼がない男ですな。このままでは、劉表軍は数だけということになりかねぬ」
館にむかって歩きながら、守将が溜息混じりに言った。名を、董陵といった。いやな感じはしない。張飛に先鋒を任せ、自分も後詰で戦に出る気だと思えた。
大きな館ではなかった。ただ、厩には三頭の馬がいた。
「好きな馬を、選ばれるとよい」
言われる前に、張飛は一頭の前に立っていた。汗血馬で、ほかの馬よりひと回り

大きい。張飛が鼻面に触れると、かすかに首を動かした。触れた瞬間、なにかが通じ合った。張飛はそう思った。
「名は、招揺。私には、いささか気性が荒すぎます」
「招揺」
「まだ若い馬です。乗る者を選ぶというところもある」
張飛は、しばらく立ち尽していた。これほどの馬は、そういるものではない。呂布が乗っていた赤兎とは較べようもないが、いまの張飛の馬よりずっとよかった。
「招揺を」
「そうですか。鞍を付けさせましょう。この馬に合った鞍を、作らせてあるのです」
董陵が従者を呼んだ。
鞍が付けられた招揺は、さらに雄々しく見えた。早く乗ってみたい。張飛は、それだけを考えていた。
「待ちなさい」
招揺を曳いて門を出ようとした時、声をかけられた。大柄な女だった。大柄なこ とより、秀でた眉が目立った。

「私が、貰うことになっている馬ですよ。招揺は」
「やめなさい、香」
「父上は、招揺を私にくださる、とおっしゃいました。そして、張飛殿には乗る馬がない。招揺を所望されたのだ。招揺に乗って、闘っていただくことになった」
「敵が迫っている」
「張飛様。運よく、山を通り抜けることができた、というお方ですね。運は強いお方なのですね」
「運ではない」
「運でなくて、どうやって仕掛けを見破るのです?」
 説明しようとして、張飛は不意に戸惑いに襲われた。香の眼が、じっと見つめてきていたからだ。見事な眉の下の眼の光は、女とは思えないほど強かった。
「香殿ですね。敵が迫っているというのは、ほんとうです。およそ、一万五千ほど。しかも、二千の騎馬隊がいるという。俺の騎馬隊は、三百のみです。それで闘わなければならん。なんとか、招揺を俺に貸していただけないか?」
「戦場に出れば、傷つくかもしれません。死ぬこともあります」
「それは、人も同じことだ」

「そうですね。でも、招揺は、仔馬のころから私のそばにいました」
「女に乗りこなせる馬ではない。張飛殿に差しあげると、もう決めたのだ」
「貸していただきたい。お願いします。三千で一万五千と闘わなければならない。いまの俺は、騎馬隊の動きで勝負するしかないのです」
「たった、三千で。城内には、多くの兵がいるではありませんか」
「それでも、三千で闘います」
「なぜです？」
「俺が、山で孤立した本隊を助けた。それが、五斗米道の連中には不可解なのでしょう。一万五千に近い軍を、しかも谷間の道からこちらにむかわせている。俺の正体がなにか、知りたがっているのですよ」
「どうして、山の中を無事に通れたのです？」
「簡単なことです。二百ほどの斥候を捕えてきた。やはり斥候に出してきた兵です。俺は八名を、ちょっと締めあげただけで放してやった。やつらは、山に入って行きました。俺は、それを尾行させて、安全な通路を知っただけです」
「そういうことでしたの」

「だから、運などではない」
「わかりました」
「招揺を、貸していただけますか?」
「ちょっと癖の強い馬です。それでも乗りこなせるとおっしゃるなら」
「ありがとう」
 張飛は、軽く頭を下げ、館の門を出た。胸が高鳴っていることに、はじめて気づいた。招揺のせいなのか。それとも、香のせいなのか。
 ふり払うように、張飛は招揺に跨った。ちょっと動き、招揺は棹立ちになった。押さえこむ。こんなことで俺を落とせはしない、ということをしっかりと教えてやる。腿で、締めあげたのだ。
 それから、招揺の腹を蹴った。
 矢のように、招揺は城外まで駈けた。
 野営地で、王安が腰に手を当てて待っていた。嬉しそうに笑っている。招揺の轡を取り、幕舎の前まで曳いていった。
「敵が現われるまで、あと三日というところか。その間、俺は陽が昇ってから沈むまで、こいつに乗り続ける。夜は、おまえが手入れをして、よく休ませるのだ、王安」

「いい馬です。素晴しい馬です。殿にとてもよく似合っています」

幕舎に入ると、それぞれの隊を指揮している者たちを、張飛は集めた。侵攻してくる五斗米道軍とは、三千だけで闘うつもりだった。情報は、間断なく入ってきた。敵は、五倍の兵力である。州境を侵したらすぐ州境に、斥候は放ってある。

そして、ぶつかる場所を、こちらで選ぶことだ。できるだけ、西城の近くまで引き入れたい。にぶつかる、というのは愚かだった。

地形を、もう一度詳しく検討した。

それから、歩兵の各隊に指示を出した。騎兵は、張飛が自ら率いる。

幕舎でひとりになると、張飛はもう一度地図に見入り、作戦の検討をした。曹操に動きがないので、劉備軍は、もともと曹操と闘うために、新野に展開している。曹操の五斗米道の侵入を阻止するために当てられたのだ。半数が魏興郡への五斗米道の侵入を阻止するために当てられたのだ。

劉備軍の、命運を決する戦ではない。だから、決して無理をして兵を失うようなことはしてはならない。進発する時、関羽に何度も言われたことだった。

一万五千に三千で当たるのは、無理と言えば無理だ。だから、作戦が必要になる。

眼を閉じた。不意に、董香の姿が思い浮かんで、張飛は狼狽した。

「王安」

「おうあん」

大声を出す。
「招揺を曳いてこい。夕刻まで、徹底的に責める」
王安が、招揺を曳いてきた気配があった。蹄の音で、それとわかる。ほかの馬とは、まるで違うのだ。
張飛は腰をあげ、蛇矛を執った。

3

益州から荊州への州境を越えても、敵は現われなかった。隘路である。ただ、北側の山はすべて、五斗米道が制していたところだ。いまも五百ほどの兵を送ってあるが、なにか起きたという報告は届いていない。
このまま谷間の道を進めば、やがて西城である。できるかぎり西城の近くまで引きこむつもりなのだろう、と張衛は思った。
他国へ、進攻したことはない。逃げる敵に追撃をかけたことはあるが、せいぜい十里（約四キロ）である。巴西郡や魏興郡の山は、進攻したというより、守りを固めようとしたらそちらまではみ出した、という感じが強かった。他国の領内を、隊

伍を組んだ軍勢で進軍するのは、はじめての経験だった。四囲が敵。頭の中はともかく、肌の感じ方はそうだった。道の南側の山。そこが危険だった。伏兵を置くとすれば、場所はいくらでもある。南の山からの敵を、張衛は全身全霊で警戒していた。
両側が切り立った崖で、狭隘な場所があった。上から石でも落とされたら、かなりの犠牲が出る。そこを抜ければ、草原が開けているはずだった。
まず、歩兵を三千駈け抜けさせた。それから騎馬を一千。ほっとした。崖の上に敵はいないようだ。残った六千の歩兵を、一気に駈け抜けさせた。両側は山だが、草原が拡がっている場所だった。
張衛は、不意に前方に軍勢が現われたことに気づいた。すでに、陣を組んでいる。草の中というより、地面から湧き出したような感じがした。
「騎馬隊は両翼、歩兵は中央」
敵の数。どれぐらいなのか。集めても、せいぜい一万。しかし前方も三千である。騎馬隊は、三百ほどだ。あとの七千が、どこにいるのか。
張衛は、騎馬隊一千を、前に出した。まず、瀬踏みである。残りの七千の所在を、確かめなければならない。

三段で、鶴翼に拡がって、一千騎が進みはじめた。敵は、三千で前進しはじめる。騎馬隊を中央に置いた構えで、一千騎とぶつかれば、歩兵が迅速に押し包んでくる気だ、と張衛は思った。

右の山が、気になる。そこに七千の本隊がいたら、完全に攻め降ろしてくるというかたちになる。それを防ぐために、一千の騎馬と六千の歩兵を右の山にむけた。歩兵が敵の攻撃を受けている間に、横から騎馬が崩す。

これで、隙はないはずだった。

前方の三千が、見せるための兵だったら、すぐに騎馬隊を反転させる。二千の騎馬隊と六千の歩兵で、敵の本隊と当たることができるのだ。

「よし、騎馬隊に突っこませろ」

張衛は言った。攻撃や退却の合図は、木を打ち鳴らす。太鼓や鉦などというものは、五斗米道軍にはなかった。

木を打つ。冴えた音が草原に響き渡った。

敵が、伏兵を警戒していることが、張飛にははっきりと見えた。敵は一万五千でなく、その半数つに分かれ、半分は南の山にむかって陣を組んだ。

である。しかも、姿のない伏兵に怯えている。劉備軍だけで闘うつもりだったが、董陵は強硬に後詰を申し出ることにした。後詰は、必要ではなかった。危険のない程度に、その力を借りることにした。敵の騎馬隊が、前進してきている。やがて木が打ち鳴らされ、騎馬隊が駈けはじめた。横に拡がっている。

「よし、思い通りに動いてきた」

張飛は、呂布の騎馬隊の動きを、頭に思い描いた。あれほどの動きはできないが、三百騎の実力は、いまこちらにむかっている一千ほどの騎馬隊の比ではなかった。

「行くぞ。突き抜けたら、小さく固まれ」

騎馬隊の背後にいる六千ほどが、本陣だろう。五斗米道の教祖の弟で、張衛という者が率いているという。張衛が、五斗米道軍のすべてを掌握しているらしい。あの六千の中に、張衛がいる。張飛は、ほとんどそれを確信していた。見事な陣立てだが、野戦の経験に乏しいことは見てとれた。全体に堅苦しく、自由に動く余裕がないのだ。混乱すれば、脆い。

「王安、気を入れろ。俺の招揺に付いてこなけりゃ、歩兵にするぞ」

王安が、硬い笑みを浮かべた。

張飛は、蛇矛を天にむかって差しあげ、雄叫びをあげた。
駈ける。風のように、招揺は駈けた。敵。近づいてくる。そう思った時は、もうぶつかっていて、二人を蛇矛で叩き落とした。三人四人と叩き落とした。
あっさりと、敵の騎馬隊を突き抜けた。部下たちが突き抜けてくるのを、張飛は呼吸にして四つほど待った。王安が一番だった。三百騎が、欠けたようには見えない。乱れた敵の騎馬隊には、すでに歩兵が挑みかかっている。
南の山から、喊声が聞えた。太鼓も打たれている。
騎馬隊を小さく固め、張飛は前方の歩兵に突っこんでいった。南の山からの攻撃の気配が、敵を浮足立たせている。
張衛。どこにいるのか。敵の歩兵の中に、躍りこんだ。騎馬隊を突き抜けた味方の歩兵も、背後から突っこんできているようだ。まず、騎馬隊で歩兵を二つに断ち割った。それから、騎馬隊を三つに分けて突っこませる。歩兵が、断ち割られた右の方の敵に襲いかかっている。そちらに、張衛がいると見たのだろう。そこの敵を、張飛はさらに騎馬隊で二つに割った。歩兵が、その一方を押し包む。そこだけ見れば、兵力は倍だった。

崩れた。木が打ち鳴らされていた。数騎が、北の山にむかって駈けていく。それに続くように、全軍が北の山にむかいはじめた。南の山に備えていた敵も、一斉に北の斜面に移動しはじめた。

騎馬隊で追い撃ちをかけたが、山には入らなかった。輜重など、放り出したままだ。馬も、百頭ほどはいる。それを歩兵に集めさせた。

一万数千が、山の中に消えた。

二百人の兵を残して、張飛は速やかに全軍を西城に退かせた。残した二百人は、退却した敵の足跡を辿る。それで、山の仕掛けは、すべてわかる。どこをどう通れば安全かわかれば、山の攻略は難しくない。

風を受けながら、張飛は気持よく駈けていた。招揺には、まだ充分に余力がある。速いが、すぐに息があがる馬もいる。招揺は、ほかの馬よりずっと息も長い。

野営地に戻った。

各隊の隊長たちが、損害を報告してくる。死んだ者、二十一人。重い傷を負った者、十六人。軽い手負いは、怪我人の数に入れない。

「こんなものかな」

多分、敵は一千近くを失ったはずだ。大勝利と言っていいだろう。

「兵たちに、充分に兵糧をとらせろ。肉も食わせてやれ」
それだけ命ずると、張飛はふと気が重くなり、幕舎にひとりで入った。
招揺を、董香に返さなければならない。
董香に返せと言われれば、多分自分は返すだろうと思った。相手が男なら、蛇矛を突きつけてでも、招揺を譲ると言わせる。
あれほどの馬には、二度と出会えないかもしれない。そればかり、張飛は考えていた。

惨敗だった。
山中の道を駈けながら、張衛は何度も血が出るほどに唇を嚙んだ。
一千ほどの兵は、失っただろう。相手は、ほとんど無傷に近いと思われる。しかも、七千の本隊などどこにもいなくて、三千の軍勢に、いいように振り回されたのだ。
惨敗だが、負けたという気さえ、張衛はしていなかった。まともに戦う前に、いつの間にか敗走していたという感じなのだ。
とにかく、騎馬隊で二つに断ち割られた。態勢を立て直そうとした時、さらにま

た二つに割られた。六千が二つに割られて三千、さらに二つに割られて千五百。その千五百と敵の歩兵の三千が、まともにぶつかり合ったようなものだった。そして自分は、その千五百の中にいたのだ。

二千騎にまで増やした騎馬隊も、一度乱れるとなんの動きもできなかった。まとまって動く三百の騎馬隊に負ける、ということがよくわかった。騎馬隊は、数だけではない。

もう一度、まともに戦がしたい。そう思ったが、いまというわけにはいかないだろう。軍は、立て直さなければならない。劉璋との戦ではほとんど負けたことがない兵が、負けの味を知ってしまったのだ。それを、兵の強さに結びつけなければ、なんの意味もない敗戦ということになる。負けても、また立ち直ればいい。そう思わせるために、なにが必要なのか。

二日後に、漢中に入った。

州境に六千ほどの兵がいて、鮮広が自ら指揮を執っていた。なんのための戦だったのか。鮮広の顔を見て、張衛はふと思った。劉備軍の張飛が、山中を何事もないように動いた。それがどうしてか、確かめたかった。張飛という将軍が、どういう男なのかも確かめたかった。

その、どれをも果たしてはいない。
　考えてみれば、五斗米道軍は、劉璋が送ってくる軍勢以外とは、ほとんど闘ったことがないのだ。あとは、魏興郡で、荊州の山岳の守備隊を山に引きこんで翻弄してやったぐらいだった。
　ほかの軍と闘ってみたい、という思いが心の底にあった。劉備の軍なら、中原で転戦を重ねてきた軍だった。
　はっきりとわかったことが、いくつかある。
　まず、ほとんど戦らしいことが起きていない益州の軍は弱いということだ。五斗米道軍は、その程度の相手なら勝てるという強さを持っているにすぎない。劉表の、山岳部を守っている兵も、また同じだった。荊州の精鋭は、多分、揚州の孫権軍と正対するところに集められている。
　そして、中原で転戦に転戦を重ねてきた軍は、強いということだった。騎馬隊の動きひとつとっても、劉璋の軍などとはまるで違っている。それは、眼を瞠るほどのものだった。中原では、十数年もああいう軍が戦をくり返しているのだ。
「魏興郡の山は、しばらく使えぬぞ、張衛」
「私も、なぜ張飛の軍が自由に動き回れるのか、見きわめることはできませんでし

た。その前に、敗走させられていました。情けない話ですが」
「山の件については、私が兵に訊き回ってみて、およその見当はついた」
「どうして、こちらの仕掛けを避けられたのです？」
「斥候に出て、捕えられた者たちがいる。張飛の軍にだ。それが、簡単な取調べで放免されている。直ぐに山に逃げ戻ってきた」
「なるほど。それを尾行れば、たやすく通路はわかるということですね」
「強い、ということはよくわかりました。驚きに値するかな」
「むしろ、軍勢の精強さの方が、驚きに値するかな」
「強い、ということはよくわかりました。驚く前に、負けてしまっていた、という感じです。たった三千しかいなかったのに、三万の軍と闘ったという気がするほどです。負け惜しみではなく、次に闘う時は、いくらかましな闘いができると思いま
す」
「劉備軍といえば、野戦で鳴らしてきた軍だ。数は少ないが精鋭で、関羽、張飛、趙雲と、将軍たちも豪傑揃いらしい」
「私は、張飛という男に、関心を持ちました。大きな馬に乗って、先頭で突っこんできましたよ。矛に触れた者は、みんな打ち落とされるという感じに。それに、

「まあいい。おまえも、負けの味を知った。これは、無駄ではあるまい。これまで、まともに闘ったのは、劉璋の軍だけだったのだからな」
「天下は広い。実に広いと思います」
　張衛が言うと、鮮広は眼を閉じてかすかに頷いた。

　実によく調練された騎馬隊で、三百騎が一頭のけものようにさえ思えました」

　三日経っても、招揺を返せと董香は言ってこなかった。調練の間だけでなく、そのあとの世話も王安には任せなかった。
　張飛は、ほとんどの時を招揺とともに過した。
「招揺に恋でもされているようです」
　王安が余計なことを言ったが、叱りもしなかった。
　招揺のことなら、細かい癖まで、なんでもわかると張飛は思った。そんな馬には、やはりいままで一度も出会ったことがない。夜も、幕舎ではなく、招揺のそばで過すことが多かった。この馬と別れるのだと思うと、心が張り裂けそうな気がした。
　それでも、張飛は四日目になると、招揺を城内へ連れていった。董香を訪ねてきたとは言えず、董陵に訪いを入れた。
　董陵の館。

すぐに、玄関の脇の部屋に通された。
「この城郭にも、兵が少なくなりました」
董陵が、すぐに姿を見せて言った。もとからの部将の西城の守兵は、呼び戻されていた。
「劉表様もなにを考えておられるのか、蔡瑁ごときの言うがままになっておられる」
陽から命令を受けて一万の兵を率いて来ていた部将は、呼び戻されていた。襄

西城の守兵は二千でいい、と言い出したのは蔡瑁らしい。その話は、噂のようなものとして、張飛も聞いていた。
もともと西城には、一万八千の兵がいて、それを董陵が指揮していたという。董陵は、魏興郡の太守となるべきはずだった。その邪魔をしたのも蔡瑁で、劉表の長男の劉琦派と見られたためらしい。劉琮にとっては叔父に当たるが、劉琦とは血の繋がりはないのである。
「漢王室の外戚として力を振った大将軍の何進と、どこか似ておりますな、蔡瑁は。外戚が力を持てば、国は衰えるばかりです。もっとも、魏興郡は山ばかりの貧しい郡にすぎませんが」
「軍を、いいようにしている。もっとも、力を持つにはそれが一番手早い方法です

が。それを許している劉表殿が、老いているのだとしか言いようがありません」
「蔡瑁には、せいぜい五百の兵を指揮するほどの力しかありません。それが荊州の軍の筆頭に立つ。荊州に、大きな戦がなかったからなのですよ。なにかあっても、他人の力を当てにするところが、劉表様にはあります。かつて張繡がそうであったし、いままた、劉備様を頼ろうとしておられる」
「劉備軍は、わずか六千に過ぎません。頼られても、それだけの力があるわけがない」
「張飛殿のような豪傑が率いた、六千ですからな。六千は核で、いざという時には三万四万の兵が集まってくるのだろう、と私は思っています」
 酒が出されていた。杯を二、三度重ねただけなのに、張飛は酔いに似たものを感じていた。ふだんなら、一斗（約一升）ほど飲んだ時の酔いに近かった。この程度の酒で、酔うはずもなかった。
「それにしても、先日の戦はお見事でした。張衛もなかなかの軍人ではあるのですが、五分の一の兵力で、赤子のように翻弄してしまわれた」
「張衛は野戦に馴れていない。それがわかっただけのことです。もし次にぶつかったとしたら、今回ほどたやすく破ることはできますまい。兵の質は悪くなかった。

堅苦しい用兵でしたが、それもなかなかのものだった。俺が、戦ずれしていたというだけのことです。必ずしも、実力がぶつかり合ったというわけではない」
「確かに、手強い相手でした。特に山中の戦では。その山中の戦でも、張飛殿は楽々と勝たれた」
「だから、戦ずれをしているのです、俺は」
山中を、どうやって安全に動けたのか、張衛は。そのひとつひとつを、董陵は頷きながら聞いていた。
なんのために董陵の館に来たのか、張飛にはわからなくなった。ほとんどが、戦談義である。
俺は招揺を返すために来たのだ、と張飛は思った。しかし、それを言い出す気力はもうなくなっている。黙って、招揺だけ繋いだまま置いていくのか。そんなことが、自分にできるのか。
玄関の方で、声がした。
董香の声だった。口に含んだ酒の味が、張飛にはわからなくなった。
「張飛様、よくおいでくださいました」
董香が入ってきて言った。秀でた眉、その下の強い光を放つ眼。張飛はうつむき、

視線を合わせないようにした。
　言わなければならない。招揺を返しに来たのだと、董香に言わなければならない。
言葉が、のどに詰まっていた。寒い季節なのに、全身にじわりと汗が滲み出してきた。
「招揺に乗ってこられたのですね。門のところで、会ってきましたわ」
　董香が、先にそう言った。
「わずかの間に、とてもいい馬になりましたのね。私を見て、嬉しそうに顔を寄せてきましたわ。そのさまが、とても男らしい感じで、思わず首に抱きついてしまいました」
「お返ししよう」
　ようやく、張飛は言った。縁というものがあったのかもしれない、と思った。
「なんとおっしゃいました？」
「お約束通り、招揺は董香殿にお返しする」
「お気に召しませんでしたか、招揺が？」
「いや、あれほどの馬、生涯にまた会えるかどうか、と思っている。しかし、お返

「そうですか。私のような女のことを、お考えいただいたのですね」
「戦が終わったら、すぐにお返しすべきであった。俺はどうも女々しいようで、別れ難い思いを断ち切れず、遅れてしまった」
「招揺は、幸せな馬ですわ。立派な方に、乗っていただけるのですから。お返しになるには及びません。招揺は、乗る人間を選びます。そして、これ以上はないという方に乗られて、戦場に出ました。招揺がはっきりそう感じていることは、見ていてわかりました」
「見ていた？」
「いや、張飛殿。この娘は、兵の身なりをして、戦場の南の山にいたのです。気づいた時は、紛れこんでおりました。張飛殿が招揺に跨って戦場を駈け回られる姿を、つぶさに見ていたのですよ」
笑いながら、董陵が言った。
「男のようなことばかりして、困っております。また、そこらの兵に劣らぬほど、剣を遣ったりもします。気性も激しい。ただの男では乗りこなせぬ、悍馬というやつですな。母親は穏やかな女だったのに、なぜこんなになったのだと、よく思いま

「招揺を、返さなくてもよい、と言われたのか、董香殿？」
「はい。私より張飛様の方が、ずっと招揺に乗るにふさわしい、と思いました」
「ありがたい。それは、ありがたい。心からお礼を申しあげる」
董香が、ほほえんでいる。
張飛は、何度も頭を下げた。こめかみから、汗が流れ落ちている。
「もう一頭の悍馬も、張飛殿が乗りこなしてくだされればいいのだが」
董陵が言い、声をあげて笑った。

4

山は、雪になった。
北の斜面の雪は深いが、南には草が隠れるほどに積もるだけである。それでも、漢中郡は、雪に守られたという恰好になる。
兵を休ませるのに、いい機会だった。休ませながら、調練も重ねる。これまで、張衛は自分で調練の指揮を執った。

それを、白忠と任成に任せた。
旅に出よう、という気になったのに、白忠と任成が強硬に反対した。それで、従者の高豹と小者二人を伴うことにした。張魯には、すでに許しを得てある。張魯が教祖としているかぎり、五斗米道は絶対で、したがって漢中郡も強くひとつにまとまっている。
張衛と高豹が騎乗で、小者二人が轡を取った。
秋の終りに軍勢を率いて通った道を、張衛は堂々と辿った。ここでこんなことに心を配り、ここで軍勢をどんなふうに移動させた。それらが、まざまざと思い浮んでくる。
急ぐ旅ではなかったが、五日目には戦場に出た。
改めて、地形を眺め回してみる。大軍を迎え撃つには、絶妙な場所と言ってよかった。南鄭から来た軍勢がここで敵にぶつかると、まず背後の隘路に退路を塞がれた恰好になる。南の山には、実際に伏兵を置くことも可能だろう。北側の山が自分の領分だと思っていれば、劣勢になった時は無意識にそちらへ逃げる。経験の差で、張飛に手もなく打ち破られたのだ。実際に戦場に立って思い返すと、勝てる方法はいくらでも思い浮かんでくる。南の山

の伏兵など気にせず、全軍で張飛の三千にむかっていれば、そのまま西城まで押していけたはずだ。ほんとうに伏兵がいて、挟撃のかたちを取られたら、その時こそ、北の山に逃げこめばいい。
　悔いが残ることばかりだが、張衛はそれを忘れることにした。戦で負けた。死んでいておかしくない。それでも生きて、いろいろ考えていられるのは、運があるからではないのか。戦がやり直せると考えるのは、死んでも生き返れるということと同じだった。
「雪に包まれてはいますが、地形はよくわかりますね、張衛様」
「まったくだ。俺は、ここをよく憶えておく。張飛という男のこともだ」
「西城に、まだ駐屯しております。このまま進めば、いやでも西城に入ってしまいますが」
「心配するな、高豹。俺たちは、腕を買ってくれそうな金持ちを捜して、流浪している男にすぎん。いささか腕に覚えがあるが、どうも主人が気に食わんというやつだ」
「やはり、西城で張飛にお会いになる気なのですね？」
「流浪の武芸者としてな。おまえも俺も、五斗米道軍の中では、どんな武器を遣っ

ても一、二を争う。腕を売り歩いていても、それほど不思議ではあるまい」
「張飛という男が、張衛様だと見抜いてしまうような気がするのです」
「その時は、その時だ。首を刎ねると言うなら、存分に闘って刎ねられてやろう。
とにかく、俺は益州以外の土地を見てみたい。荊州の隅に増援に送られてくる劉備軍の将軍のひとりでさえ、あれほどの戦をするのだ。俺の度胆を抜くやつが、雲霞のごとくいるに違いない」
張衛は、西城への道を進みはじめた。雪はまだ深くない。いずれは身の丈を超えるような深さになり、春まで漢中を静かに守ってくれる。
「張飛軍は、城外で野営していたようですが、雪とともに城内の兵舎に入ったということです」
そういうことも、鮮広が西城に放った者から、報告が入っている。西城にかぎらず、中原全域に、数十人の信者を放っているのだ。だから、この国の情勢については、詳しく知っていた。
知っていることに、大した意味はない。それも、今度の戦でよくわかった。
鮮広は、曹操をよく見てこい、と言った。この国を、やがて統一するのは曹操だと考えているようだった。その時、益州に五斗米道の国を作りあげていられるのか。

曹操が、それを肯じるのか。

張衛は、曹操だけでなく、劉備や孫権も見てみたかった。

これから河北四州の制圧にかかる。その間に、孫権が荊州を奪ることはないのか。袁紹に勝った曹操が、孫権が揚州、荊州を領し、曹操が河北四州の制圧に手間取れば、曹操は腹背に敵を受けるということになりかねない。天下の帰趨はまだ決したわけではない、と張衛は考えていた。

とにかく、益州に五斗米道の国を作るために、何年あるかということだった。益州の民をみな信者にしてしまえば、それは難しいことではなくなるが、さすがにそちらに関する劉璋の締めつけは厳しい。その締めつけに耐えかねて、成都近辺にひそんでいる信者も、漢中郡に流れてくるという状態だった。

「西城です、張衛様」

雪に包まれた、白い城郭だった。高い場所からは、城壁の中も見える。動いている人の姿も、かろうじて見きわめられる。

奪っても、特に意味のある城というわけではなかった。守兵の指揮官は董陵というこのあたりの豪族で、こちらが山にいるかぎり、事を構えようとはしてこなかった。守兵も、二千ほどなのだ。

戦になるのは、劉表かその幕僚が、荊州の北の隅を問題にした時で、一万から二万の討伐軍を送ってくる。山の戦は知らない軍勢ばかりだった。

西城の城郭に入った。

宿をとり、城郭の中を歩き回ってみる。張飛の軍の兵が闊歩している、ということはなかった。見かけるのは董陵の兵で、別段殺気立った気配もなかった。

「南鄭とは、だいぶ違うな」

「眠ったような感じのする城郭です。これでも、北の山に対しては、戦闘態勢をとってはいるのでしょうが」

「北の山も、いまは眠っているからな」

雪に包まれて、眠っているだけではない。張飛の軍は、安全な通路を知ってしまっているのだ。張衛が敗走した時、その足跡をかなり深くまで追った気配がある。これから大きくなる、という場所ではないのだ。山中に仕掛けた罠など、もう役に立たない。

商人の数も、多くはなかった。漢中からの侵攻さえなければ、中原の情勢をよそに、のどかで平和な日々が続くところだろう。

「あれが、兵舎か。いるのは、張飛の軍だな」

「衛兵の立て方からして、違います。いつでも出動できる、という態勢でいるのでしょう」
　兵たちの姿が見えた。談笑している者もいる。眼にも力がある。共通しているのは、全員の躰がひきしまっていることだった。
　厳しい戦場をくぐっていないという点で、これほどの兵が、荊州の北の隅に増援に送られてくるのか、と張衛は考えた。いままでの劉表軍には、まるで見られなかったことだ。劉表は、中原の戦を避けた。激しい調練を積んでいる、ということなのだろう。
　そこには、兵の姿はなかった。数人の商人らしい男たちが、皿を囲んでいるだけだ。
　居酒屋に入った。
「肉と酒なら、すぐ出せるそうです。値も、それほど高くはありません」
「まったく、平和なところなのだな」
　酒は、すぐに出てきた。
　張衛は、皿を囲んでいる男たちの話に、耳を傾けた。縁談の話だった。時々、笑い声も入り混じっている。

大きな男と大きな女で、釣合いがとれている、とひとりが言っていた。それから、少し卑猥な話になり、また笑い声が起きた。いずれ、新野へ帰る。いや西城に落ち着くつもりだ。そんな話になったので、張衛はさらに耳をそばだてた。張飛と董陵の娘の縁談らしい、としばらくしてわかった。

それ以上は、噂の域を出ていなかった。

「張飛が、董陵の娘を妻にする。それだけは、確からしいな」

「つまり、張飛は董陵の家を継ぐということなのでしょうか？」

「わからん」

張飛が西城に居座るというのは、五斗米道にとって歓迎できることではなかった。三千の軍も一緒となれば、なおさらだった。

「俺が見たかぎりでは、張飛は自分の兵を董陵の兵と離している」

居酒屋の主人が、肉を運んできた。野菜と一緒に煮られたもので、湯気とともにうまそうな匂いをたちのぼらせている。

「張飛将軍が、嫁を貰うというのは、ほんとうのことか？」

「ほんとうですよ。いまは、その噂でもちきりでしてね」

主人は、皿を囲んだ商人たちの方へ、ちょっと眼をくれて言った。
「馬が取り持つ縁だったそうで、みんな毎日同じ話をしています」
「馬か」
「董陵様のところに、大きな馬がいましてね。それを、張飛将軍が乗りこなしたんで、娘が惚れちまったって話です。娘も、剣なんかぶらさげて馬を走らせるようなお転婆で、張飛将軍でなけりゃ乗りこなせまい、とみんな言っております」
　張飛が嫁を取るというのは、嘘ではないらしい。戦はうまいが、案外に甘い男なのかもしれない、と張衛は思った。
　二日後、張衛は西城を出た。
　特に見るべきものはなかったし、張飛の軍は雪中の調練に出ていった。調練を見物し、その足で新野へむかえばいい、と張衛は考えていた。
　曹操がいる許都までは、それほど遠くない。
　三百騎の騎馬が、雪の中を駆けていた。歩兵と騎馬を、同時に調練しているのだ。見事な動きだった。ほとんど実戦に近い。騎馬と歩兵の位置が入れ替わると、次は歩兵が騎馬を押し包む。一カ所を破って、騎馬が包囲を抜け出す。歩兵と交錯する。
「すごいものですね。こんな調練では、歩兵は何人も死ぬでしょう」

「だから、みんな必死なのだ、高豹」
「騎馬の動きも、すごい。遅れるものが、一騎もありません。ああやってひとつにかたまっているのは、たやすそうで一番難しいと思います」
「張飛がどこにいるかは、すぐにわかった。ひときわ大きな馬に乗っているのだ。戦の時も、あの馬に乗っていた。

不意に、三百騎がこちらへむかってきた。張衛は馬首を回し、避けるために駈けた時、ようやく騎馬隊は反転していった。
二騎だけ、残っている。張飛についているのは、子供のように小柄な男だ。張飛が近づいてきた。小柄な方も、馬の扱いに隙はなかった。
「調練が、そんなに面白いのか？」
「いや。激しい調練をやるものだと、呆れながら見物していた」
「ふん。これぐらいの調練は、おまえのところでもやっているだろう、張衛」
言われ、全身に緊張が走るのを、張衛は感じた。すでに、張飛は自分のことを知っている。しかし、そんなことがあるのか。
「私の名は、徐済というのだが」

そばで、高豹が殺気を放ちはじめている。
「名など、どうでもいい。張衛と呼んでみただけのことだ。先日の戦で、逃げていく大将の手綱捌（たづなさば）きとそっくりだったのでな」
　張衛の背に、冷たい汗が流れた。高豹が放つ殺気を、張飛は歯牙（しが）にもかけていないように見える。
「まあ、わざわざやる必要のない戦ではあった。その大将もそう考えていたらしくて、あっさりと山の方へ逃げてくれた」
　確かに、やらなければならない戦ではなかった、といまは思う。しかし、やってよかったという思いもある。自分が、大した指揮官でないことが、いやというほどわかったのだ。
「張飛将軍か」
「だったら、どうする」
「嫁を貰うという噂を聞いた」
　張飛が、大声で笑いはじめた。
「相手は、董陵（とうりょう）の娘で、似合いだという話だった」
「似合おうが似合うまいが、俺の子を産ませようと決めた。それだけのことだ」

「それで、西城に居つくのか？」
「馬鹿を言え。俺は劉備玄徳の部将だぞ。命令があれば、速やかに新野に戻る」
「新野では、いずれ大きな戦が起きるのではないのか。曹操が攻めてくる」
「その時まで俺が呼び戻されぬということは、あるまいよ。ここにいるのは、劉備軍の半分だからな」
「六千で曹操と闘うわけではあるまい？」
「先鋒の鼻ぐらいは、挫いてやれるさ。それから先は、成行だろう」
「劉備将軍は、なぜ曹操に降伏しないのだろうな」
「徐済とか言ったな。男の志というものが、おまえにわかるか？」
 志と言われて、張衛は戸惑った。張飛の口から、そんな言葉が出てくるとは思えなかったからだ。名を呼ばれた時の緊張感は、消えている。高豹も、殺気を放ってはいなかった。
「志ゆえに、曹操には降伏できないと？」
「それも、言葉では言わん。俺が、代りに言ってみたがな。新野へ帰れば、俺はただ曹操と闘えばいいのだ」
「勝てる気でいるのか？」

「男には、勝敗より大事なこともある。俺は、そう教えられている。間違ったこととも思えないから、そのまま信じているのさ」
　張飛が、どこまで本気で喋っているのか、張衛だと気づいても、殺そうという気はないようだ。
　この男と一騎討ちをして勝てるだろうか、と張衛はふと思った。自信はある。この間の戦の時も、自信はあった。
「西城は、西城のままでいい」
　見つめてくる張飛の眼が、強い光を放った。
　一騎討ちをして、勝てるか。また、考えた。圧倒してくるような光に、張衛はなんとか耐えた。何事も起きはしない。この間は、なにを考えたのか、闘う意味など、なにもない。劉表も、いずれ西城どころではなくなる」
「西城は、西城のままか」
「おまえ、腕は立つんだろうが、大事なことがなんなのか、あまり考えたことはないんだな」
「おまえは、あるのか？」

「荊州の隅の、小さな城郭だ。漢中から軍が攻めてきたがな。

「俺には、代りに考えてくれる人がいる」
「それが、主君か」
自分にも、教祖の兄がいる、とは言えなかった。無論、兄でもない。自分が利用できる力を持った存在。そういうことではないのか。
五斗米道(ごとべいどう)の信者かどうか自問すれば、張衛(ちょうえい)には違うという答しか出てこなかった。それでも、自分は益州(えき)を五斗米道の国にしたい、と夢見ている。夢は、自分のための夢なのだった。
「また、会うかな」
「戦場でか？」
張飛(ちょうひ)が、にやりと笑って言った。
雪原では、相変らず騎馬と歩兵が駈け回っている。

5

張飛が新野(しんや)に呼び戻されたのは、二月に入ってからだった。

具足を付け、剣を佩いた香が、自分の馬に跨って一緒に来た。乳房が大きいので、具足は特別に作らせたものだ。

妻がそういう恰好をすることを、張飛はおかしいとは思わなかった。王安が気にして輿車を用意していたが、香はそんなものに見むきもしなかった。輿車には、董陵が贈ってくれたものが載せてあるだけだ。

新野へ入ると、香を劉備の館に伴った。

関羽、趙雲、麋竺、孫乾の四人が、劉備のそばに控えていた。挨拶が済むと、すぐに酒が運ばれてきた。

「五斗米道が、一度攻めこんできたそうだな、張飛？」

関羽が言った。張飛は、いつ香を引き合わせるべきか、ということだけを考えていた。香は、王安と並んで張飛の後ろにいる。着替えだけは、させてくるべきだった、具足を付けたままだから、王安よりずっと偉丈夫に見えるだろう。着替えだけは、させてくるべきだった、と張飛は悔んでいた。

「劉表殿が、いたく喜んでおられる。しかも、ほとんど兵を死なせていない」

劉備はくつろいだ着物姿で、具足を付けているのは趙雲だけだった。

「そうではないか。三千の兵だけで、五倍の軍勢を打ち払った

「実は、大兄貴」
「どうしたのだ、張飛。酒にも手をのばしておらぬな」
「俺は、妻を娶りました」
「なんだと。西城で見つけたのか。なぜ、ここへ連れてこない」
「連れてきているのだ、小兄貴」
張飛はふりむき、香を呼んで自分のそばに座らせた。
「女子の身で、このような身なりをして不調法とは存じましたが、夫に最も合った姿だとも思っております。張飛翼徳の妻、香でございます」
香が、深々と頭を下げた。
関羽は、眼を見開いている。劉備は、手に持った杯を干すのを忘れているようだった。誰も、なにも言わなかった。香は、董陵殿の末娘で、女ながら剣を遣ったら王安と互角で」
「勝手に妻を娶って、申し訳ないと思っております。香は、董陵殿の末娘で、女ながら剣を遣ったら王安と互角で」
それ以上、張飛はなにを言えばいいのか、わからなくなった。
「そうか、妻を娶ったか、張飛」
劉備が、ようやく口を開いた。

「劉備玄徳と申す。私と、そこにいる関羽は、張飛の兄に当たる。だから香、そなたは私と関羽の妹だな」
劉備の言い方がなにか変だと思ったが、張飛は黙っていた。
「ところで、妹。その身なりはなんとしたことだ?」
「女が、具足を付けております。夫が留守の間は、私がすべてを守るということでございます。夫の家も、子も、誇りも」
「そうか。見あげたことを聞くものだ。私はまた、張飛が従者を二人に増やしたのだとばかり思っていた。まさか、嫁を連れてきたとはな」
「大兄貴には、早くお知らせしなければ、と思っていたのですが、どうも照れくさくて。どうせ新野で会っていただくことになるのですし」
「私にだけでも知らせるべきだ。馬鹿者が」
関羽が、身を乗り出して言った。
「そうすれば、兄上をこれだけ驚かさなくても済んだ」
関羽の顔は笑っていた。
劉備が、ひとりひとりを引き合わせはじめた。香は、きちんとした、女らしい挨拶をした。それが、張飛にはなんとなく嬉しかった。

「私と関羽の三人は、兄弟と呼び合っているのでな。しかし、ここにいる者は、みな兄弟だと思ってよい。そなたの、兄であり弟だ。夫に言えずに思い悩むことがあったら、まず顔を思い浮かべるとよい」
「兄上様のお言葉、心に刻みこんでおきます。心のありようは兄弟でも、主従に間違いはないのだ、と夫から言われております。兵たちの前では、殿様と呼ばせていただきます」
「おい、張飛。言わなければならないことは、全部女房に言っているではないか。なかなかのものだ。感心したぞ。なにより、この女房を選んだおまえを、ほめてやる」
言って、関羽が杯を香の前に運ばせ、酒を注いだ。
酒宴になった。
香は、酒の飲み方も並みではなかった。しかも、いくら飲んでも酔ったようには見えないのだ。趙雲が音をあげ、劉備が横になり、関羽と三人で飲み続けた。王安など、とうに部屋の隅に倒れている。
「おまえが戻ってくるので、みんな思いきり飲もうと張り切っていたのだがな。香殿がすごすぎた。乱れぬところが、またすごい」

関羽も、言葉がいくらか怪しくなっている。
「あなた、そろそろ切りあげませんと」
　香が言う。張飛は頷いたが、立ちあがるとわずかに足を取られていた。
　その夜は劉備の館の一室に泊り、翌朝、劉備から小さな館をひとつ与えられた。
「父上の館と較べると、小さいものだが」
　使用人が二人で、王安もこの館の一室に住む。香は、不満を洩らさなかった。ひとつだけ、厩が欲しいと言ったので、張飛は王安と二人で、二日かけて三頭の馬が入るものを作った。
　劉備軍は、再び六千が同じ場所に集まった。二つに割ったのは、蔡瑁の策だった。それで弱体化する、と読んだのだ。蔡瑁は、いずれ劉備軍を劉表軍に吸収しようと考えている、というのが関羽や趙雲の意見だった。
　張飛も、そう思っていた。ただ、そんな方法で劉備軍を吸収できると考えているところが、愚かだった。曹操軍にも、袁紹軍にも、ついに吸収されることはなかったのだ。
　蔡瑁は、軍を掌握しながら、危険な場所には決して立とうとしない。荊州で危険なのは、揚州の孫権からの脅威を受ける江夏と、いずれ曹操の最初の標的になるで

あろう新野だった。江夏は、江夏太守の黄祖に任せっきりである。新野の劉備に対しては、当面の危険がないと見ると、分断を試みたりする。
張飛が新野に呼び戻されたのは、中原での曹操の動きがいよいよ活発になってきたからである。まずは河北四州にその力はむかうだろうが、いつ南に矛先を転じるかわからない。許都と新野には、それほどの距離はないのだ。
 蔡瑁は、いわば外戚である。劉表の後妻の蔡夫人の弟なのだ。劉表の長男である劉琦は、いつ弾き出されるかわからない状態で、支える家臣も少ないのだという。そして、劉備をそこに引きこもうとする動きもあるという。それは、当然暗闘がある。蔡夫人の実子である幼い劉琮と、長男の劉琦との間には、糜竺と孫乾がなんとか阻止しているようだ。
「一月に、曹操の軍が動いた。五万程度の規模だったがな。それだけで、蔡瑁は慌てふためき、おまえを呼び戻すことを承知したのだ。胆の小さな男だ。あんな男が掌握している劉表軍は、もう駄目になっている。まともなのは、黄祖の軍ぐらいだろう。軍の掌握すらできない劉表は、ただの老いぼれだな」
「しかし、荊州の中の民政は落ち着いていて、叛乱など起きそうもないと俺は見ています、小兄貴」

「まさしく、劉表は民政の人だ。平和な時なら、有能な刺史(州の長官)であったろう。私は、劉表を討って荊州を奪るべきだ、と兄上に進言した」
「それで、なんと言われた、大兄貴は?」
「まだ早いと」
「そうか。いずれは、荊州を奪る気でおられるのだな」
「徐州を奪るのに失敗して、兄上は慎重になられた。一時的に領地を持っても、維持する力がなければ意味はない、と思われている」
「領地を持たなければ、力のつけようもない、と俺は思うな」
「おまえの言う通りだ、張飛。しかし兄上は、荊州を奪ろうとされん」
「それが、大兄貴のやり方なのだろう。いま無理をして奪っても、蔡瑁の一派を根絶やしにはできない、と俺は思います。制圧するために、戦を重ねなければならない」
「そこを曹操に攻められたら、それで終りか。しかしそれを考えていては、なにもできん」
「趙雲は、なんと言っています?」
「兄上に従うしかないと。それは当たり前のことだが、腰をあげぬ兄上を急かせる

のも、われらの仕事ではないか」
　新野の西の野営地だった。調練は、欠かしていない。六千の劉備軍は、さらに精強になっていくだろう。しかし、これ以上大きくなっていくことはない。そして、曹操は増々大きくなる。
「荊州内の豪族のところを、趙雲は相変らず回っている。いざという時に、劉備軍につきそうな者は、二万から三万。周囲の情勢にもよるが、それぐらいだろうと趙雲は読んでいる」
「最大でも、三万六千。四万にも満たぬというわけか」
「私は、もう少しいるのではないかと思うが、たとえば黄祖などとは組めぬ。黄祖が六、七万の兵を擁しているということもあるが、組めば揚州の孫権を敵に回す」
「少しずつ、足もとが心もとなくなっている。そんな気がします、小兄貴」
「まあ、仕方があるまいな。兄上に、いま動くお気持はない」
「一月に曹操が動いたのは、なんのためだったのです？」
「自領を、固めたのだ。北へ全力をむけるために、小さなことも見過さない。曹操らしい、周到さだ」
　動きがとれない。それは、張飛にもよくわかった。つまり、まだ耐えろということ

となのだ。
「何年、続くのだろう、小兄貴？」
「さあな。五年か、十年か」
「長いなあ」
五年耐えて、なにかが開けるという保証はなかった。さらに逼塞を強いられるかもしれないのだ。
「俺は、しっかりと軍をまとめる。おまえは、時々、耐えきれずに暴れるというのがいい。そういう荒っぽい男がひとりいれば、蔡瑁もあまり無茶は言えないだろう」
「わかった」
「私が心配しているのは、おまえや趙雲のことではなく、自分のことでもない。実は、兄上が耐えられなくなるのではないか、と思っている。おまえも、兄上の気性はよくわかっているだろう」
「だから、わかった。乱暴なだけの将軍、と俺はもうしばらく言われていよう。もともと、俺たちは流れ者だ。大兄貴に出会わなかったら、賊徒でもやっていたかもしれん。いま一番大事なのは、大兄貴の志だ。大兄貴が、それさえ失わないでい

てくれたら」
　劉備が、耐えきれなくなって、たとえば蔡瑁か、その一派の将軍を斬ってしまう。それはありそうなことだった。その時は、自分が斬ったことにして、劉備を助けるしかないのか。
　涿県を出た時は、五十人ほどだった。いまは六千である。ずいぶんと大きくなった。そう自分に言い聞かせていればいい。
「蔡瑁は、おまえをとてつもない乱暴者だと思っている。しかも、西城での戦ぶりも、詳しく報告を受けている。あまり怒らせるような真似はしないと思うが、時々、蔡瑁の胆が冷えるような怒り方をしてやれ」
　張飛は、黙って頷いた。
　劉備の志のために、自分はなにができるのか。それを考えるのは、涿県を出た時からの習慣のようなものだと言っていい。
「女房持ちになったのに、済まぬな、張飛」
　関羽は、うつむいた。
　自分のことなら、香はどんなことでも理解してくれるだろう、と張飛は思った。

狙ってくる。

軍議を開いた。

病に倒れてから、はじめてのことだ。これまでは、病床から指示を出していた。青州から袁譚を、幽州から袁煕を、幷州から高幹を呼んだ。これから、戦は総力戦である。領内の叛乱を鎮定するような、生やさしいものではない。

「自分が領している州を守ることなど、考えるな。河北四州のすべてを守るという気持になるのだ。防御の布陣が、そのまま攻撃の布陣にもなる。そういう構えをとる」

「青州からは、十万の兵を出せます、父上」

袁譚が言った。袁紹はたちまち不機嫌になり、激しい動悸と息苦しさに襲われた。

長男のくせに、なにひとつわかっていない。そう思ったが、口には出さなかった。

言葉と一緒に、血まで噴き出てきそうだ。

「どう闘うか、考え続けてきた。おまえたちが領内の平定に忙しい時に、わしは曹操とどう闘うかだけを考え続けた」

袁譚がうつむいた。

「黎陽と鄴の城を、さらに強化する。これで充分ということはないぞ。兵糧も、も

「つと運びこめ」
「黎陽を拠点に、河北を守られるのですな。そして、機を見て攻める」
「そういうことだ、審配」
「昨年の秋の収穫で、曹操はかなりの兵糧を蓄えたでありましょう。そろそろ動いてきても、おかしくない時期です」
「こちらも、動いていい。黎陽に、五万の兵を入れる。指揮は袁譚。いいか、青州がどうのと言っている時ではないのだぞ、譚。河北四州の力を、すべてひとつにするのだ」
「わかっております」
「鄴の兵は十万。これは、すぐに黎陽にむかえる兵だ。この二つを、防御と攻撃の拠点にする。さらに十万の兵が、いつでも動ける態勢をとるのだ」
「場所は、どこにいたしますか、殿」
「魏郡の中に、野営させよ」
　審配が、頭を下げた。
　武器や馬や、兵の調練の具合について、それぞれ報告させた。長年蓄えたものが、いま生きてきた。それが、袁紹にははっきりとわかった。これこそが、底力という

ものなのだ。曹操には、蓄える余裕などなかったはずだ。せいぜい、昨年の秋の収穫から、兵糧を蓄えた程度だろう。
　間者に探らせた、曹操の動きを報告させた。
　領内を固めるために、五万ほどの兵を動かしただけだ。
「黎陽に入った時から、戦ははじまっている。そう思っていろよ、譚」
「必ず、御期待に沿う働きをいたします」
「袁家の命運がかかっている」
　袁紹は、すでに疲労を感じはじめていた。
「気力を、ふりしぼれ。軽率なことはするな。耐える戦も、必要になってくる」
　軍議を終えた。
　両脇を支えられて居室へ行き、寝台に横たわった。息子が三人と、息子同然に育ててきた甥がひとりいる。戦に出られる躰ではない。そう思う。しかし、四人集まれば、それなりの力になるはずだ。
　ひとりでは頼りなくても、四人集まれば、それなりの力になるはずだ。
　すぐに、眠った。
　翌日は、疲労は回復しているように感じられた。

一番気に入っている側室のひとりを呼び、躰を拭かせた。それから、しばらく箏曲を愉しんだ。すでに動きはじめているのか、重立った者たちの姿は、館にはない。

帝を、捜していた。

帝さえ、自分の掌中にすれば、と思った。宮廷内の宦官を斬り、この国の政事を根本から変えようと決心した時のことだ。曹操も、袁術も、帝をなんとか見つけようとしていた。つまらないことだが、まだ幼い帝を掌中にすれば、この国の実権も握れるという状況だった。

十数年前の話だ。

結局、帝を掌中にしたのは、董卓だった。

大将軍だった何進が殺されたあと、宮廷内の宦官数千人を誅殺した。その行為も、董卓が出てきたことで、無駄になった。

あの時に帝を擁していれば、と袁紹は思った。すべての実権が、自分のものだった。帝を、権威という衣を着こめた人形に、祭りあげることはたやすかった。自分がそれをやっていれば、董卓ほどの反撥は受けなかったはずだ。この国は、自分のものになった。曹操など、顎で使える将軍に過ぎなかっただろう。

しかし、董卓が帝を掌中にした。あれが人の運というものなのか。

箏曲が流れている。

袁紹は眼を閉じた。運だというのなら、いまさら悔んでも仕方がないことだった。曹操も、袁術も、あの時は不運だったのだ。しかし、運を摑んだ董卓は、専横をきわめたあと、死んだ。

人の運とはなんなのだ。それを考えずにはいられなかった。自分は、ほんとうは運に恵まれていたのではないのか。

「眠くなった」

袁紹が呟くと、箏曲は熄んだ。

「そばへ来い」

気に入っている側室のひとりを呼んだ。ほかの側室たちは、退出していった。

「わしは、老いているか?」

「まさか。殿は、まだお若いままです」

「そうか、若いか」

「はい」

「よい。おまえは、いい乳房を持っていた。思い出したぞ。それを吸わせよ。吸うたびに、おまえは澄んだ声で鳴いた」

「私の胸でよろしければ、どのようにもなさりませ」

いいかたちの乳房（えんしょう）が、袁紹の顔の前に突き出されていた。澄んだ鳴き声が聞えた。ほとんど無意識に、袁紹は乳首に吸いついていた。

「殿、あまり無理はなされませぬように」

「無理なものか。男は、いつもこうしていたいのだ。母の乳房で育てられたのだからな。乳房を吸っていると、たまらなく懐しいような気分になる」

また、袁紹は側室の乳首を吸いはじめた。そうしながら、自分の心の底が少しずつ見えてきた。

こわがっているのだ。はっきりと、曹操（そうそう）という男に、恐怖を抱いている。それを別のもので隠してはいるが、心の底にあるのは恐怖にほかならなかった。

「わしは、五歳の時から、軍学を学んだ。それを、あの宦官（かんがん）の家の子に、教えてやったものだ。望んでも、学べないことだろうと思ったのでな。いま、その男が、わしを殺そうとしている」

眼の前に、唾（つばき）で濡れた乳首があった。

「もういい。退（さ）がれ」

袁紹は、側室を見てはいなかった。

帝を捜しながら、背筋に汗を滲ませている自分。見えているのは、それだけだった。あそこから、自分の運は動きはじめた。この十年、いい方に動いていると信じて、疑っていなかった。いまも、そう信じるべきなのだ。

毎日、夕刻になると、側室を呼んで乳房を吸った。乳房を吸っていると、いくらかそれが和んだ。が、不安で耐え難くなってくるのだ。昼の光から、夜の闇。その間情欲とは、まるで違ったものだった。乳房を吸われることで側室が反応を見せた時は、袁紹はたちまち不機嫌になった。完全に闇になり、灯が入れられると、側室は退がらせ、袁紹はひとりで自分とむき合った。

自分は、袁紹本初である。言い聞かせる。この国きっての名門の当主で、河北四州を制し、天下に手をかけている。

哄笑が聞える。宦官の家系に生まれた、小狡い眼をした小男。耳を塞ぎたくなる衝動にも、耐えた。

いずれ、戦場にも出られるはずだ。その時に、笑い返せばいい。曹操を生きながら捕えて、腐刑（男根を切り落とす刑。宦官を腐った者と称したのも、このためである）に処して笑ってやってもいい。

曹操も、河水南岸に兵を集結させつつある。官渡の戦軍は、順調に動いていた。

の時と同じだが、今度は、曹操の方から攻めてくるしかない。それを、待ち受ける。黎陽の城が、たやすく落とされることなどない。そして、攻める方には必ず隙というものが出てくる。そこが、最初の勝負だ。
「兵の展開は、終了しております。兵糧も、後方から輸送するというかたちで、その道を断たれることなどありません」
「曹操が、いつ河水を渡るかだな、審配」
「おかしな策を使うかもしれません。まったく別のところから渡渉させて、それを牽制に使うとか。それに対処するための遊軍は、充分に用意してあります」
審配は、強硬論を述べることが多いが、今度はじっくりと腰を据えるという構えだった。不用意な攻めは、破綻を招く。
「鄴の十万は、袁尚様が指揮をしておられます。充分に、大将の力量をお持ちです。あとは、実戦の場数だけだろう、と私は思っております」
「そうだな、袁尚にもう少し時が与えてやれたら、わしに代る大将になったであろうな」
「大将は、鄴におられる殿です」
すぐに戦場に出ることはできない。しかし、鄴から戦況を見ていることはできる。

必要な指示も、そこから出せばいい。
「審配、鄴から黎陽への連絡を、もっと速やかにできるようにせよ」
「各所に、馬を配置してあります。伝令も、馬を替えながら駈け通すことができます。ほかに狼煙台もいくつか設けています」
「そうか」
「袁尚様の指示でございました」
頷き、袁紹は地図に見入った。
審配が退出してひとりになっても、いくらか気が紛れるのだ。孤独の中で、袁紹は地図から眼をあげなかった。呻き声をあげることもない。地図を見ていると、河水を中心とする地図で、官渡や陽武や烏巣の位置も書きこまれている。いやでも官渡での戦を思い出すが、あの負けが不運だったのだということも、よくわかるのだった。烏巣の兵糧の集結点さえ曹操に摑まれなければ、戦は勝っていた。
地図は、袁紹の居室にだけでも、数十枚あった。白絹に描かれたものだったが、それを紙に描き直させている。紙の方が、絹よりずっと腰が強いのだ。
五月に入ると、暑いほどの日々が続いた。

曹操とは、河水を挟んで睨み合ったままである。
曹操軍数万が渡渉中、という伝令が入った。誘いだ、ということが袁紹にはすぐにわかった。位置が、黎陽のずっと上流なのだ。誘いの狙いがなにかは、はっきりしなかった。曹操は、緒戦の勝敗にこだわる。どこかで、いまは勝利を得ようとしているのかもしれない。
どういう策があろうと、こちらが動かなければ、曹操にはどうしようもないのだ。
「黎陽に伝令。動くな。曹操がたとえ城を攻めてきたとしても、城壁から見物だけしていろ」
誘いをかけてくるということは、動きを作り出したいことでもある。つまり、曹操は焦っている可能性がある。
翌日、また伝令が到着した。こちらからの指示はまだ届いていない。袁譚が、五万の軍勢を出し、渡渉中の曹操軍を攻撃する、というものだった。
「馬鹿が。なにを考えている」
袁紹は、卓を拳で叩いた。うかうかと誘いに乗った。袁譚についている幕僚たちは、それを止めもしなかったのか。こちらからの指示うまく、負けずに城に戻ってくれるのを、祈るしかなかった。

もう、次の日の伝令で、袁紹は怒りにふるえた。伏兵に遭って、五万が敗走した、という報告だった。遊軍に動くこともなく指示を出した。
 五万が、それほど闘うこともなく敗走した。やはり将兵の心に、二度の負けがしみついているのか。それで、ちょっとした伏兵でも、恐怖に襲われて逃げることしか考えなかったのか。
「袁譚の、愚か者が」
 言った瞬間、躰の中でなにかが破れるのを袁紹は感じた。嘔吐した。いや、苦しくはなかった。恐怖すらもない。口から噴き出したのは、血だった。二度、三度と、それは続いた。不思議に、苦しくはなかった。
 もしかすると、これで楽になれるのかもしれない。楽になれるということは、多分死ぬということなのだろう、と袁紹は思った。
 ていた。周囲が、騒々しかった。
 自分が死ぬ時なのに、騒がしすぎる。
「みんな、落ち着け。静かにしろ」
 言ったつもりだったが、声になったかどうかはわからなかった。

また、躰の中でなにかが破れた。破れたのが、胸のあたりであることも、はっきりと感じられた。視界が、暗くなった。楽になるのだ、と袁紹は思い続けた。

2

　五万を打ち払うのは、難しくなかった。張遼の騎馬隊である。呂布の騎馬隊の伝統を受け継いでいる。それが、思うさま駈け回ったのだ。五万はたちまち二つに断ち割られ、四つに分散し、別の隊の騎馬や歩兵に揉みあげられた。
　袁紹軍の腰は、だいぶ弱くなっている。
　ただ、黎陽の城に追いこんでも、曹操はしばらく様子を見ていた。袁紹が死んだ、という知らせをもたらしたのは、鄴に放ってあった五錮の者だった。
　確実な情報ではなかった。曹操はさらに手を尽し、三日目に袁紹が死んだことを確認した。
「張遼を、北岸から呼び戻せ。全軍を、陳留まで退げる」

「袁紹が死んだいま、攻めこむ好機なのではないでしょうか」
夏侯淵が言った。ほかの部将たちも、曹操の言葉に怪訝な表情をしている。
「喪ということを、方々は考えていただきたい」
荀彧が発言した。
「喪と言ったところで、袁紹は敵ではないか」
「それでも丞相と袁紹殿は、若いころから御一緒で、同じ西園八校尉であったし、それ以後も長く同盟しておられたと言っていい」
「しかしな」
「いや、退がろう。生きている間は敵でも、死ねばそんなものは消える。そういうものではないのかな。私は、丞相のお気持に沿うべきだと考える」
夏侯惇だった。夏侯惇が発言すると、なにか言いたそうな素ぶりをしていた部将たちも、黙りこんだ。
河水沿いに五万だけ展開させ、あとは陳留まで退がることに決定した。許緒の率いる曹操の旗本は、そのまま許都に戻った。
「しばらく、締めつけを緩くすべきですな」
許都の丞相府で、一緒に戻った荀彧が言った。

「河水沿いの五万も、屯田の準備をさせればよろしいかと思います」
「そうしよう」
曹操は、先のことを考えていた。
しかしそうすれば、北の袁家の息子たちが、南の劉表にむけて団結してむかってくる可能性がある。
いまは、どこにも矛をむけずにいる方がいいのかもしれない。
かなりの準備もし、肚も決めた出兵だった。少なくとも、冀州の中にしっかりした拠点は作るつもりだった。
二度打ち破ったが、さすがに袁紹は、領内のとりまとめはうまかった。各州に息子たちを配置していたことが、生きたと言ってもいいだろう。やはり、袁家の声望はまだ高いのである。
ここで打撃を与えておかなければ、というぎりぎりの時期だった。これ以上時をかければ、河北四州のまとまりはさらに強くなる。
幸い、こちらにも余力が出ていた。特に兵糧は、昨年の秋の収穫が大きかった。
「いい時期だったのでございますが」
「まあ、もっといいことが起きるかもしれん。まともにぶつかるより、兵の損耗が少なくて済むなら、そちらを選ぶべきだろう」

袁紹の死を聞いて、曹操が最初に思い浮かべたのは、後継がはっきりしていない、ということだった。鄴にいる袁尚が、かたちの上では後継だろう。しかし、青州を領する、長男の袁譚がいた。
　後継を争って、内紛が起きる。
　それを呼びこむためには、外圧が強くてはならない、というのが曹操のとっさの判断だった。外圧が強ければ、ひとつにまとまっているしかない。外に脅威がなければ、お互いの主張をぶっつけ合う余裕も出てくる。
　曹操の狙いがそれだと読んだのは、夏侯惇や荀彧のほか、三、四人しかいなかっただろう。
　とにかく、ここは袁紹の喪に服して、河北に圧力はかけない。南を激しく攻めることもしない。河北の内紛を、ただじっと待っていればいい。
「丞相には、憂鬱なことでございますな」
「皮肉を言うな、荀彧。戦場よりも、私は許都にいる方が好きなのだぞ」
「戦場では、持病から解放されておられます。それに朝廷にも、領内の民政にも、なんの問題もございませんし」
「つまり、私のやるべきことはなにもない、と言っているのかな」

「丞相は、すべて見通しておられましょう」
「で、どうしろと言うのだ、荀彧？」
「詩などを、お作りになりませんか」
「それが、頭痛を押しやる方法か？」
「奥向きのことも、丞相はきちんとしておられます。ものを作る苦しみでもあれば、お気持も紛れましょう」

 戦と心に決めた。河北に、制圧のための拠点を得るために、十数万の兵を動かした。半年ぐらいは、戦場を忙しく駆け回るつもりだった。
 急に、袁紹が死んで、しばらくは許都でただ模様眺めをしていることになった。頭痛が起きる条件は、言われてみればすべて揃っている。頭痛に襲われている時、曹操がどれほど苦しむか、荀彧はよく知っていた。頭痛が続いている間は、眠ることができない。しばしば、嘔吐する。
「華佗を、またそばに置かれませんか？」
「そのことか」
「よい機会だ、と思われませんか？」
「考えておこう」

苦笑して、曹操は言った。

華佗は、ものをはっきり言う。曹操の頭痛については、原因がないから気持を変えるしかない、と言い続けた。優秀な医師だったが、そのもの言いがいやで、曹操はこのところ遠ざけていた。

「屯田を、さらに充実させよ、荀彧。荊州、揚州の弱いところを探れ。やらなければならぬことは、いくらでもあろう」

「すべて、私やほかの者がいたします」

戦をしなければ、蓄えられていくものは多くなる。軍人は調練に精を出し、文官は内政を充実させる。

曹操は、それを見ているだけでいいのだ。

「それほど、長くはかかりますまい、丞相」

「そう思うか?」

一年、と曹操は読んでいた。

「秋には、また河水をお渡りになります」

荀彧は、袁家の内部が乱れるようだった。半年もかからない、と見ているようだった。思い返しても、背筋が凍るような、きわどいところを歩き続けてきた。官渡で袁紹

軍を破るまでは、そういう日々の連続だった。誰で兵を挙げてから、十数年のほとんどが、そういう日々だった。
耐えて、勝ち抜いてきた。負けても、立ちあがった。
張りつめたものを、自分がなくしてしまうのを、荀彧は心配しているのかもしれない、と曹操は思った。そういう時に、取り返しのつかない負けが訪れてきたりする。

荀彧が、退出した。
なにか、出さなければならない指示があるはずだ、と曹操は考えたが、なにも見つけられなかった。思いつくことのすべてを、幕僚たちがやっているのだ。
館に戻って奥へ入っても、側室を抱こうという気も起きなかった。
河北で、袁尚と袁譚が対立しているという情報が入ったのは、それから十日も経たないころだった。まだ、決定的な対立というわけではないらしい。曹操が兵を出せば、ひとつにまとまって立ちむかってくるだろう。
もっと内側から崩れるまで、ただ時を待てばよかった。
華佗を召し出したのは、許都に戻ってひと月ほど経ったころだ。それも、いい報告ばかりだった。袁

尚と袁譚の兄弟の対立は、いまや決定的になりつつある。家臣団も、それに伴って二つに分かれはじめているようだ。許都は、かつての洛陽や長安以上に、目立った動きはない。民政は、充実している。
　頭痛の兆しが見えてきたのは、蒸暑さを感じるようになったころだ。
「悩みを持てる人の顔の色でございますな、曹操様」
　会うなり、華佗はそう言った。
「鍼というものがある、と言っていたことがあったな、華佗？」
「ございます。しかしこれは、躰に打つものであり、心に打つものではございませぬん」
「頭痛が起きそうなのだ」
「起きてから呼んでいただければ、束の間の治療はいたします。起きていない頭痛は、私にとってはなにも起きていないのと同じことです」
「河が溢れぬように、堤防を作ったりする。頭痛の堤防は作れぬのか？」
「雨が降る。山の雪が解ける。増水には、それなりの理由がございます」
「いつも、わかりきったことを申すのう、華佗は」
「わかりきっているから、治療もできるのでございます」

「もう、よい。退がれ」
　いくらか腹を立てながら、曹操は言った。
　ひどい頭痛が襲ってきたのは、翌日だった。再び、華佗を呼んだ。
「河が、溢れておるぞ、華佗」
「そのようでございますな、華佗」
　華佗の掌が、曹操の首筋に当てられた。華佗の治療は、いつも掌を当てるところからはじまる。そうやって、なにかを探っているのだろう。
「耳の後ろを押させれば、いくらか楽になる」
「そういう気がするだけでございます」
「薬が効くことも、時々ある」
「いいことではございません。いずれ薬は効かなくなり、量を増やさなければならなくなります。すると、別のところが悪くなります。薬は、毒でもあるのですから」
「早く、治せ。頭が割れそうな気がする」
「天下を、わが手で統一しようという夢を、お捨てなさいませ。詩を作って暮されれば、頭痛とは縁がなくなりましょう」

言いながらも、華佗の掌は、曹操の躰に当てられていた。
「鍼を御所望でございましたな」
「効くのならばだ」
「血の巡りの悪いところがございます。そこに鍼を打てば、いくらかは楽になります」
「やってみろ」
「大鍼というものでございますぞ。いささかの覚悟が必要です」
「構わぬ。打ってみるがいい」
寝台に、腹這いにさせられた。
首筋を、華佗の指が触れながら動いている。それが、首の付け根で止まった。そこを押されただけでも、ひどい痛みが走り、嘔吐しそうになった。
不意に、全身に衝撃が走った。足の指さきまでふるえている。曹操は、何度か大きく息をついた。なにをやったのだ、と言おうとした時、また衝撃が走った。全身から力が抜けていく。都合六度、曹操はその衝撃に襲われた。
「終りました」
言われた時、曹操は返事をすることもできなかった。脱力感が、全身を支配して

いる。そのままの姿勢で、うとうとと眠った。眼醒めた時、頭痛は消えていた。華佗の姿はない。

3

曹操が再び河水（黄河）沿いに兵を集結させたのは、九月に入ってからだった。袁尚と袁譚の対立が、決定的なものになってきたのだ。どちらかが一方を滅ぼすと、また河北の力はひとつになる。二つに割れている時に、攻撃すべきだった。

袁譚は、黎陽で五万の兵を擁している。いつの間にか、衣を一枚ずつ剝ぐように、黎陽周辺の兵が袁尚に奪われ、いまは城ひとつを守っているという恰好だった。青州の本隊は動かそうとしていない。曹操の動きに応じて、盛んに鄴に救援を求めていた。

五鍋の者が、活発に動いた。

鄴では、救援の兵を出さない、と軍議で決定していた。兄弟の対立は、やはり抜き差しならないところまで来ているようだ。それをなんとかしようという、家臣も

いない。
　試しに、曹操は二万の兵に河水を渡渉させた。鄴から、三万の兵が出た。さすがに、曹操軍の渡渉は見過せなかったようだ。三万は、袁尚自身が率いていた。
　袁譚を自身で助けようとしているのか。それとも、援兵を送るだけなら、袁譚に兵を奪われることになると警戒したのか。
　袁尚が黎陽に入るのを見届けてから、曹操は自ら指揮して十万を渡渉させた。さらに五万が、渡渉の構えをとっている。
　十二万で、黎陽の城が見える場所に、布陣した。すぐに、城内から兵が出てきて仕掛けてきた。張遼の率いる軽騎兵が、逆に駆け回って翻弄した。なんの成果もあげず、敵は城に戻っていった。
　秋の収穫の時季だった。河水の南岸沿いの屯田では、刈入れがはじまっていた。これで、兵糧はさらに潤沢なものになる。袁紹との対峙で、兵糧に苦しんでいたのが、嘘のような状況だった。
　城内では、攻撃を続けようという袁譚の意見と、籠城をしようという袁尚の意見
　城からは、しばしば兵が出て奇襲をかけてきたが、すべて追い返した。

が、激しく対立していると、五錮の者が報告してきた。それで、大規模な攻撃でなく、奇襲しかできないのだ。

黎陽から鄴にかけて展開している兵が動けば、曹操ものんびりと構えてはいられない。しかし、動く気配すらなかった。

曹操は、本陣を中央に、左右両翼に二つ陣を組み、黎陽城とむき合った。無理に押そうという気はなかった。袁紹の息子たちの手並みを、じっくりと見てみようという構えである。この城を抜くのは難しくなくても、背後には河北四州が控えているのだ。はじめから激戦というのは、避けたかった。

その間にも、河北四州の情勢は探らせた。幽州が、意外にしっかりとまとまっている。袁紹の次男の袁熙が統率していて、目立たないが、堅実な民政手腕は持っているようだ。幷州の高幹は、袁紹の息子ではなく甥ということもあり、狙うならば、やはり袁尚と袁譚の分断である。冀州と連合して動くという姿勢を崩していない。

いやな話も、伝わってきた。

袁紹の妻であった劉夫人が、袁紹の側室の五人を、喪が明ける前に殺したという。しかも死後に袁紹と会っても見分けがつかないように、顔には入れ墨を施し、乳房なども切り落として、城外に棄てたのだという。

「ほう、匈奴の単于(首長)に、おかしな動きがあるのか」
 五鋼の者の報告で、曹操が気になったのはそれだった。河水の上流を拠点とする匈奴の一隊がいて、それはどこにも帰属していない。数千の騎馬で、時には袁紹につき、時には曹操につき、そして時には賊となって、戦乱の中をしぶとく生き延びてきた。
 その匈奴が、平陽にむかっているというのだ。平陽が侵攻されるのは、眼に見えていた。それは、大きな情勢の変化とは言えないが、幷州の勢力と結びついていると厄介である。傭兵のように生きてきた匈奴なら、劣勢の袁家と組むことは充分に考えられる。あるいは、袁家の方から手をのばしたのかもしれない。とすると、平陽に袁家の息のかかった軍勢が集まってくる、と考えていた方がいい。
 曹操は軍議を招集し、部将のひとりを選び出した。鍾繇である。戦上手というより、洛陽、長安のあたりにまで散らばっている、独立勢力に顔が利く。
 鍾繇に二万の兵をつけて、出発させた。韓遂や馬騰という、涼州から辺境にかけて平陽を囲むのが仕事のすべてではない。韓遂や馬騰という、涼州から辺境にかけて力を持ち、その気になればそれぞれ五万単位で兵を動員できる独立勢力の大物たちを、この機にこちらへ付けることの方が、仕事としては大きかった。

「長安から西へは、なかなか眼が届かぬ。涼州など、誰が力を持っているかという情報が入ってくる程度で、そこへ兵を出す余裕もない。まして、そのさきの西域に到っては、旅人の話が聞けるぐらいだ」
 本営の幕舎にいるのは、荀彧ひとりだった。
「それでも、あの地を甘く見るわけにはいかぬ」
「まこと、董卓が大勢力を擁したのも、都の眼の届かぬ、あの地を支配していたからでございます。第二の董卓が生まれることは、阻まねばなりますまい」
「涼州か」
 董卓が洛陽に連れてきた涼州兵は、荒々しく、好き勝手に振舞っていた。ただひとり、執金吾（警視総監）の配下にいた呂布を怖れていただけである。
 涼州から西域にかけての兵の動員力は、二十万とも三十万とも言われていた。
「鍾繇だけでよかったかな、荀彧？」
「むしろ、あまり戦はせぬ鍾繇殿が適任だったと思います。独立勢力も、余計な警戒はしないでありましょうし。それに、鍾繇殿となら、馬騰は話をするでしょう」
 曹操が考えて決める。ただ、あとで荀彧か荀攸を相手に、その話をする。会話は、曹操の考えの過程をなぞるようなものになる。

そういう会話の相手ができるのは、荀彧か荀攸、それに程昱ぐらいのものだった。政事に対する判断が必要になってくるので、夏侯惇では無理だ。夏侯惇の頭は、軍事を中心に組みあがっている。
「いずれ、涼州にもむかわなければなるまいな。それから、漢中を突破口として、益州にも」
「気の遠くなるほど、広い国です」
「なんの。やらなければならないことがある間は、私は元気でいられる」
頭痛もない、という言葉を曹操は呑みこんだ。戦が薬。そんな皮肉を、荀彧は返してきそうだった。荀彧も荀攸も、戦は必要悪だ、という考えを根底に持っている。ただ、一日か二日しか続かない。三日目に華佗の鍼は、不思議に頭痛を取った。掌を当てるだけで鍼を打とうとはしない。十日か十五日に一度。華佗を呼んでも、掌を当てるだけで鍼を打つのは、それぐらいの間隔でだった。華佗が鍼を求めていることを、掌が感じない。そういう華佗のもの言いが、曹操はやはり好きになれなかった。
戦陣に出れば頭痛が起きり好きになれなかった。それでも、頭痛に苦しんだ時は、鍼を求めてしまう。ほかの者に鍼を打たせ

「鍾繇は、どれぐらいで匈奴の始末をつけるかな?」
「まず三月。その間は、黎陽からも活発に仕掛けてきましょう」
「油断はせぬことだな。あしらうという恰好になるが、ちょっとした負けも許されぬ。勢いをつかせることになる」
「時には、丞相自ら軍勢の指揮を執られることになる」
「その機は、夏侯惇が読んで、私に勧めてくるだろう」
実際、黎陽からの攻撃は激しくなっていた。袁尚と袁譚の連携も、一時的に緊密化しているようだった。

ひと月とちょっとで、平陽を落としたと鍾繇から知らせが入った。袁家に近い豪族も、何人か殺している。涼州の馬騰が、説得に応じ、息子の馬超に一万の兵をつけて、鍾繇の軍に参じさせたのが大きかった。

平陽が落ちると、黎陽の中もおかしくなりはじめたようだ。袁尚と袁譚の兄弟喧嘩の再燃である。かなりの対立があるらしいことは、五錮の者の報告でわかった。平陽を襲い、そこから曹操軍の背後を脅かすというのが、どちらの策だったかわからない。平陽の失敗が、再燃のきっかけになったことだけは確かだろう。

城から出撃してくる兵の数が減り、士気も落ちていることは明らかだった。数カ月待ったが、ひと押しで落ちる状態になっている。
「そろそろ、本腰を入れるぞ、夏侯惇」
「五万を、まず鄴にむけるところから、はじめたらいかがでしょう。鄴は袁家の本拠。いくら兄弟喧嘩をしていても、見過せることではありますまい」
「悪くないな。私も、それを考えていた」
「それでは、明日、五万を出発させます。残りは、陣を固めるという構えです」
「間者ぐらいは、入っていよう。黎陽には攻囲の兵を張りつけて、直接鄴を攻める部隊が進発すると、それとなく流せ。五万の指揮は、私自身が執る。城から大挙して出てきたら、すぐに引き返す。それで、挟撃のかたちも取れる」
「黎陽は、難しい戦ではなくなりましたが」
「勢いに乗って、鄴まで攻めこむ。うまく鄴を落とせれば、河北四州は意外に早く私の手に入る」
 黎陽の守備は、さすがに強固だった。黎陽を守るところから、河北四州の防衛がはじまる、と袁紹は考えていたのだろう。城壁や濠も、何重にもなっていた。
 しかし、すでに内側から崩れはじめている。

翌早朝、曹操は許褚の部隊を中心とした五万を率い、北にむかって進発した。夏侯惇は、城から全軍が出てきたという知らせは、進軍を追うようにして届いた。すぐには迎え撃たず、出てきた軍をやりすごしている。

曹操は、素速く原野に陣を敷いた。

袁尚と袁譚の軍。押し包むようにして、攻撃してきた。魚鱗だが、中央に許褚の騎馬隊を置いた。防ぐだけで、曹操は攻勢には転じなかった。第一波の攻撃より、第二波は弱くなっている。

第三波の攻撃をかけてきた時、背後から夏侯惇の軍が襲った。じわりと攻める。そういう攻め方で、全軍を弱らせる。やがて、袁尚や袁譚は、逃げ出すだろう。そこを追う。

二人の兄弟のどちらかを討ちたい、と曹操は思っていなかった。兄弟は、これからさらに離反していく。そうなれば、袁家の勢力そのものも二つに割れていく。できるかぎり、内部で争わせることだ。

河北は広く、制圧には時がかかる。

夏侯惇の攻撃が、じわじわと強くなってきた。曹操も、歩兵にじわりと押させた。挟撃の圧力に耐えかねた兵が、両側に流れ出していった。

袁尚と袁譚が、それぞれの旗本に守られて、戦線を離脱したという報告が入って
水の入った革袋が破れるように、

きた。

「張遼、許褚。騎馬隊で追い撃ちをかけて、できるかぎり討ち取れ。ただし、袁尚と袁譚の兄弟は、そのまま逃がしてやれ」

騎馬隊が駈け出していった。

「黎陽は、すでに落としてあります」

夏侯惇が来て、報告した。

「兵糧、武具なども、かなり蓄えてあるようです」

「父親が遺したものを、少しずつ息子どもが食い潰していくか。外に出て戦をして、なんになる。黎陽に籠って守ってさえいれば、私の河北進出は、たえず困難がつきまとうことになったものを」

「進軍なさいますか、鄴へ？」

曹操は頷いた。

しかし、その進軍には、困難が伴った。方々で、冀州の豪族の抵抗に遭ったのだ。

それも、正面から戦を挑んでくるのではない。野営地への夜襲。地形が複雑な場所での奇襲。そして罠。先行している、張遼や許褚の騎馬隊も、同じ目に遭っているようだ。

「河北四州に、袁家はしっかり根をおろしていたということか。こちらへ靡いてくる者より、抗ってくる者の方が、ずっと多い」
「さすがと言うべきでありましょう。名門に付けという意識が、豪族たちの間では強いようです。袁術が、どうにもならなくなり、血を吐いて死んだ時も、まだ五、六万の兵はいたようですからな。あれは、名門であるがゆえに、兵が離れなかったということでしょう」
「名門に、どんな意味がある、夏侯惇？」
「さまざまな、意味が。丞相は、不本意に思われるでしょうが、名門だということは、選ぶ時の基準になります。事実、最初に兵を挙げられた時、丞相は五千に過ぎず、袁紹は十万を超えていました」
「そうだったな」
冷静に言ったが、曹操の肚の底では、黒い怒りがわだかまったままだった。
「抗う者は、容赦はするな。斬り尽せ。このまま、一気に鄴を落とすぞ」
名門に人が集まるのなら、その名門は滅ぼしてやる。拭い難く、そういう気持があった。張遼、許褚の騎馬隊も合流させ、力で冀州を押し進んだ。逆らう者がいた村など、火をかけて焼き尽した。

父が殺された時、徐州を攻めた。阻む者を、殺し尽すような戦をした。あの時のことを、曹操は思い出した。
黎陽から二百里(約八十キロ)ほどの鄴に到達するまで、ひと月近くかかった。鄴の城を見て、曹操はようやく冷静になった。たやすく落とせる城ではない、ということがすぐにわかったのだ。攻囲すれば、奇襲を受けたりもするだろう。そして、落とすまでに一年はかかる。
「ここまで、曹操軍が来た。それだけでよい」
「どういうことですか、丞相？」
「鄴までの道筋はつけたということだ、夏侯惇。速やかに、許都に帰還するぞ」
「それは、惜しい」
 惜しそうな表情を、夏侯惇はしていなかった。
 これから先は、謀略がものを言う。夏侯惇も、そう思っているのだろう。
「いや、黎陽を落としていてよかった、と思います。河水を越えたところに拠点を持っているかどうか。ほんとうによかったと、丞相は思われるはずです」
「堂々と進軍して帰還する。それは忘れるなよ、夏侯惇。帰路は、焼き尽した村な

どに、余った兵糧を残していくのだ。曹操軍に付けば悪いことはない。豪族や民に、それを教えながら戻る」
「かしこまりました」
　袁尚は、鄴の城から出てこなかった。鄴の近辺の麦は、すべて刈り取った。それも、途中の村々に与えていけばいい。
　とにかく、黎陽は奪った。冀州に足がかりは作ったのだ、と曹操は自分に言い聞かせた。

4

　さすがに、天下に見るべき男の数は多かった。
　旅をはじめて、八年になる。徐庶は、荊州まで流れてきていた。各地の豪族の食客として、軍学を講じたり、剣を教えたりしながら、河北から中原、揚州、荊州と回ってきた。特に、仕官するべき相手を捜していたわけではない。主を持つということは、性に合っていなかった。心のままに流浪することが、ただ愉しかった。だから、仕官を勧められると、その地を去った。

二十九歳だった。もう、無頼という年齢ではない。二十歳を超えたころは、よく喧嘩をし、何度か人を斬った。役人に追われたが、それもこの乱世でうやむやになった。

静かな生活をしようという気はなかった。楽をして生きられるなら、それが一番望ましい。そういう思いと同時に、すぐれた男に心惹かれるというところもある。

河北では、袁紹をしっかりと見た。鄴の商人の食客となり、半年ばかりを過したのだ。その商人は、袁家の奥向きの着物などを扱っていたので、連れられてしばしば館にも出入りした。

袁紹は、側室の着物を自分で選んだり、息子の着物を女たちが選ぶのを見たりするのが好きなようだった。だから、五度ばかりは会っている。

袁術よりはずっとましだが、天下は取れないだろう、と思った。懐の深さのようなものが感じられないのだ。

これは駄目だろうと思ったのが、幽州の公孫瓚との戦だった。つまり、誰にでもできる戦だったのだ。曹操の戦には兵として加わったことがあり、勝つための工夫をたえずこらしている武将だろう、と思っていた。官渡で衣を剝ぐように裸にし、大軍で押し潰した。曹操との戦の帰趨は、徐庶には見えていた。

両雄がぶつかった時、袁紹はまず緒戦で惑わされた。正面から、力押しに押す。同時に、許都を衝くもう一面の作戦を立てる。兵力でははるかにまさっていた袁紹には、充分にそれができたはずだ。それなのに、徐々に大軍で締めあげ、それと並行して姑息な策をいくつも弄したという気配があった。その姑息な策が、大軍の動きを鈍らせたに違いないのだ。

曹操は、常識の通じない男だろう。勝つためには、なんでもやる。考え抜く男のようだが、一度動きはじめると、逡巡を知らない。それは見事としか言いようがなく、だから常人が与える安心感に欠けるのだ。

揚州の孫策が、どこか似ているというだけで、曹操は異常な警戒感を持っただろう、と徐庶は思っていた。自分と似ている男がいる。遠くから見たことがあるが、はっとするような美男だった。おそらくこの国で最も精強と思える水軍は、ほとんど周瑜がひとりで作りあげたようなものだ。穏やかな人格だというが、どこかに激しさもあり、曹操にはない人を安心させるような魅力を持った男のようだった。

揚州には、いま周瑜という男がいる。

孫策を殺したのは、多分曹操だろう、と徐庶は思っていた。

宛県から新野を通り、襄陽の城郭に入った。

しばらくは、そこで厄介になればいい、と徐庶は思っていた。友人がひとりいる。

伊籍という。なかなかの男だが、昔、小さな恩を受けたというだけの理由で、劉表などというつまらぬ男の幕客になっていた。
　伊籍の館は、粗末なものだった。使用人も、二人か三人しかいないようだ。それでも、伊籍は再会を喜び、歓迎してくれた。
「君には、袁紹が負けるということが、わかっていたというのか？」
　毎夜のように、伊籍は徐庶と語りたがった。襄陽には、伊籍が語り合うほどの人間はいないらしい。城郭も、どこか気の抜けたような、面白味のない空気しかなかった。鄴の豪奢さや、許都の活気と較べられるものはなにもない。荊州は、大きな戦乱がまだ起きていないので、いい城郭を作ろうと思えばできたはずだ。劉表は、商人の力をどうやって生かせばいいかも、考えられないらしい。税を取り立てられればいい、と考えているのだろう。
「天下は、曹操のものになりつつある。そのもとは、袁紹の無能だ。いまは、袁紹の息子同士がいがみ合い、このままでは戦にもなりかねないだろう。曹操も、それを待つ気になっている」
「一歩間違えれば、官渡の戦は袁紹が勝っただろう、と私は思っているのだが」
「その一歩は、運でもなんでもない。それまでになにを培ってきたかの差なのだ。

「どこから見ても、袁紹はその一歩が曹操に劣っていた」
「八年も放浪をして、なにを見たというのだ、徐庶？」
「この国を、誰がどう動かしていくか、ということを見てきた。もっとも、見物するのは私の趣味で、実際にはどうでもいいと思っているのだが」
「君の欠点だな、それが。なぜ、自分の力をこの国のために役立てようとしないのだ」
「それは、君も同じではないか、伊籍。劉表などという半分死んだ男のもとにいないで、曹操のところにでも行った方が、ずっと君の能力は生きる。私が見るかぎり、曹操は人の能力を引き出すことにかけては、天才だな」
「劉表様の敵に、臣従などできない。男には、生き方というものがあるだろう」
「流浪しているのが、私の生き方だよ、伊籍。お互いの生き方があるのだから、それは尊重しようではないか」
「そうだな。しかし、せっかく訪ねてくれているのに、大したことがしてやれない」
「それは残念だよ」
「君がいる。それが、私にとっては一番の歓迎だよ。贅沢な暮しがしたかったら、君を訪ねたりはしない」

徐庶が言うと、伊籍は苦笑しながら頷いた。

好きな男。数えあげても、わずかしかいない。それは、徐庶が考えている男の美徳だった。

決して裏切らない。

「放浪の間に、いろいろな男を見ただろう。いま、君が挙げる男の名は、どんなものだ？」

「まず、曹操。私は、好きになれないが。それから、揚州の周瑜。孫権については、今度揚州へ行った時に、じっくり見てこようと思っている。好きだったのが、孫策。あと三年、袁術のもとで辛酸を舐めていれば、もっと用心深い男になっただろうにな。面白いと思ったのが、呂布だった。曹操は、袁紹などより呂布の方がはるかにこわかったはずだ。面白いと言えば、漢中の張衛もそうだ。五斗米道の教祖の弟という立場を利用して、これからなにかやりそうな気がする」

「張衛か。寡兵をもって、たやすく張衛を打ち破った男が、荊州にいるぞ。いずれ、会う機会もあるだろう」

「劉備の部将の、張飛か」

「さすがに、小さな戦までよく知っているな。それでは、劉備という男については、どう思っている？」

「それが、実はよくわからん。徳の将軍などと呼ばれているが、それだけではないという気もする。群雄の中で揉まれながら、ここまで生き延びているのだからな」

「ほう。劉表の幕客が、劉備と親しくしているのか」

「親しいというほどではないが」

伊籍は、たやすく人に会えと言うような男ではなかった。自分がどんな反応を示すか興味を持っているのだろう、と徐庶は思った。

「会ってみるか？」

群雄と呼ばれている人間だけでなく、その下にいる部将も、ずいぶんと見てきた。袁紹軍にいた文醜や顔良は、主人の尊大さをそのまま受け継いだような武将たちで、確かに威圧するような戦には強かったが、曹操軍との駆け引きでは、あっさり負けて命を落としている。いま、河北にはこれといった武将は見当たらない。曹操軍では、まず呂布の騎馬隊の伝統を受け継いだ張遼、そして夏侯惇、曹仁あたりが徐庶の気持をくすぐった。許褚は、曹操の親衛隊を率いているが、徐庶はその戦ぶりを見る機会はなかった。武将だけでなく、曹操の陣営には謀臣や文官も多い。

孫権の陣営では、なんといっても周瑜である。太史慈などもいるが、その力量は

遠く周瑜には及ばない。ほかに、武将、豪傑という類いの人間は多く見たが、劉表の下にだけはそういう人材がいなかった。
「劉表が死んだら、どうする気なのだ、伊籍？」
「さあな。決めているのは、劉表様が生きておられる間は、劉表様にお尽しするということだけだ」
「もう、それほど長いとも思えんがな」
「考えないことにしている」
「考えろよ。君の力を引き出してくれる人物としては、曹操以外にいない。そんな気がする。私に言えるのは、それだけだが」
「言われたことは、憶えておこう」
「ところで、何日か城郭を歩き回ったが、兵が大きな顔をしすぎているな。それも、決まって蔡瑁とかいう男の兵だ。蔡夫人の弟かなにかに当たるそうだが、劉表軍はあんな男に牛耳られているのか？」
「あんな男とは？」
「考えるのは、自分のことだけだろう。荊州の中で、自分が一番でなければ許せない。したがって、自分より優れた男は難癖をつけて排除する。自分が劣っていると

いう自覚もなしにだ。ああいう男が、国に害をなす。自分のためなら、平然と劉表も裏切るだろう」
「まさか、そこまでは」
「君が劉表のそばにいて、蔡瑁の槍玉にあげられないのは、君に邪心もなく野心もない、ということがわかっているからだ。それは、蔡瑁から見ると、無能に近いと思えるのだよ」
「真剣に私がなにか言った時、劉表様はそれに耳を傾けてくださる。私は、それでいい。劉備様を新野に迎えようと言った時、蔡瑁殿は反対したが、結局私の言うことを聞いてくだされた」
「君のような幕客がいる。劉表はもって瞑すべしだな」
「私は、男として生き方を誤った、と思いたくないだけだよ、徐庶。人には、縁というものがある。私は、劉表様との縁には逆らわないと決めたのだ」
「蔡瑁が、君を邪魔にして殺そうとしたら?」
「黙って、死のう。それでいい」
　徐庶が以前からもの足りなさを感じていたのは、伊籍のこの諦めのよさだった。その気になれば、蔡瑁などという鼠は追い出し、劉表の側近として力を振える男だ

った。そうなれば、曹操も安心してはいられない。蔡瑁がのさばっているかぎり、曹操はそれほど荊州を警戒せず、暇な時に掃討すればいいとでも思っているはずだ。
 その暇な時が、意外に早く曹操に訪れたようだった。
「どうも、曹操軍が、南下しているようなんだ」
 伊籍が、劉表のもとから戻ってきて言った。
 曹操は鄴まで攻めこみながら、あっさりと撤退した。ただし、黎陽は拠点として確保している。その状態で、袁家の決定的な分裂を待とうという気なのだ、というふうに徐庶には見えた。
 官渡の戦のあと、曹操は兵を休ませた。力を蓄える時だ、と思ったのだろう。そ れから、戦の季節に入った。袁紹が死んでしばらくすると、冀州に攻めこんだのだ。戦の季節に入れば、休むことを知らない。それが曹操という男なのだ。
 譚の兄弟喧嘩は、しばらく静観した方が得策だ、と判断したのだろう。だが、兵は休ませない。南の、軽い相手である劉表を叩いておこう、と考えてすぐに動いてくる。
 思えば、曹操ほど、いつも敵に囲まれながら、自分の足で立ち続けていたという武将は、ほかにはいない。一度やると決めると、果敢である。常人の思いつかない

ことを、思いついたりもする。

「どうするのだ、伊籍？」

蔡瑁は慌てて、まず襄陽の守りを固め、兵糧も充分に運びこむところからはじめている。予州との境界には、四万の兵を送るそうだ」

「はじめから負けているのか、蔡瑁という鼠は。それで、劉表はなんと言っている？」

「新野に劉備様がいる。そこに兵を貸そうとは言われたのだが」

「つまりは、籠城か」

「劉表様も、老いられた」

「蔡瑁が反対したか、劉備が裏切るかもしれないと主張して」

「まさに、その通りだった」

「蔡瑁に気をつけることだな。理由もなく人の裏切りを疑うような男は、実は自分の心の中に裏切りの思いがあるからだ。籠城して最初に裏切るのが、そういう男さ」

「それは、私が許さん」

「刺し違えるか。命のやり取りをするには、あまりにお粗末な男だぞ」

「蔡瑁殿がどうのというのではない。私は、劉表様のためにそうするのだ」
「君は、まったく度し難いほどの男だ」
「君がせっかく来てくれたのに、相手ができなくなってしまった。申し訳ない」
「はじめから、籠城と決めるなよ」

徐庶は苦笑しながら言った。
「籠城の準備を整えているところへ、大軍を送りこんで攻囲するほど、曹操の戦は無器用ではない。周到に、小さな城を落としていくだろう。同時に、襄陽の中から寝返りが出るように工作する。まあ、標的として適当なのは、蔡瑁だと私は思うがね」

本格的に荊州を攻めるつもりなら、江夏の黄祖をなんとかするはずだ。今回は、荊州に動揺を与えておくつもりなのだろう。荊州ではもっとも骨のある将軍だった黄祖は、老齢だが、長年揚州と正対して江夏の地を守り続けている。
 劉表に願い出て、州境の様子を見に行くのだ。それは、劉表も知りたがっているだろうから、許すはずだ。蔡瑁が寝返りを疑っても相手にしなくていい。本気で寝返る気なら、襄陽に留まり、城の様子でも手土産にすると言ってやれよ。君は、州境の様子を、逐一劉表うな男は、毅然とした態度には圧倒されるはずだ。

「に知らせてやればいい」

「それは、幕客である私に似合った仕事であると思う」

「やはり、蔡瑁が国を売りかねない、と思っているのだな。いまのところ、その心配はないと思う。曹操が襄陽を攻めるのは、ずっと先のことだろうし。私と二人で、州境のあたりを見物してくれてみようではないか」

「君も、一緒に行ってくれるのか?」

「ここにいて、蔡瑁の愚劣さを見ているより、州境の方がいまの荊州はずっとよく見える」

「そうか」

「劉表様に、それを願い出てみよう。お許しはいただけると思う」

伊籍が劉表と会っている間、徐庶は城郭の中をざっと見て回った。商人の動き。こんな時は、それが一番早くなにかを示す。

商人は、店を閉めている者が多かった。中には、小さな荷だが、城から外に持ち出そうとしている者もいる。なにがしかの礼を受け取ったら、守兵もそれを許しているようだ。

兵糧が、輜重で運びこまれていた。その列は、十里(約四キロ)も続いていると

いう。較べれば商人たちの荷はあまりに少ないが、荷車一台で輜重の列五里分の兵

糧に相当する値のものかもしれないのだ。
「劉表様は、喜んで許してくださった。新野をもっとうまく使いたい、というのが真意であった」
「劉備をか。新野がどの程度か、曹操には測る気持もあるだろう。とにかく、実戦では蔡瑁など役に立たん。それが見抜けぬ劉表は、いずれ滅びるしかない」
　伊籍に言っても、仕方のないことだった。伊籍が劉表に尽すのは、ただ自分の生き方を曲げたくないからだ。それは徐庶にはできない。だから、批判しようとも思わなかった。
「君と、旅をするのは久しぶりだ」
　伊籍は馬を二頭用意していて、嬉しそうに言った。一緒に旅をしたのは、四年ほど前、襄陽に立ち寄った時で、袁紹への使者として冀州にむかおうとしていた伊籍と、洛陽の近くまで一緒に行ったのだ。袁紹と曹操が、河水（黄河）を挟んで対峙したのは、あの年だった。
　あの二人の結着がつくまで、一年以上の歳月がかかった。そして昨年、袁紹は死んだ。
「暑い日になりそうだ」

伊籍が、空をあげて言った。

5

　曹操軍の進撃は速かった。
州境の城を一日で三つ抜くのを、徐庶は唖然として眺めていた。研ぎ澄まされている。軍勢全体が、研ぎあげた剣のように、すさまじい斬れ味を持っている。特に、騎馬隊の動きがいい。呂布との戦で、曹操の騎馬隊は変ったのだろう。
　ただ、強兵とは当たっていない。劉表の軍は、想像した以上に弱兵である。戦場で闘い抜いた兵と、満足な調練もしていない兵では、勝負にならないとも言える。南陽郡の城が、ほとんど曹操軍に抜かれたという恰好になった。新野より南の城が、無事なだけである。
　それでも曹操は新野を攻めず、汝南郡に戻ると西平に本陣を置いた。新野との距離は、三百里（約百二十キロ）ほどである。
　増援の劉表軍は次々に城に入ったが、兵糧までは運びこまれていないようだった。輜重隊が動く、という訓練すらもなされていない。いや、命令が

「蔡瑁などが、軍を握っているからだ。将軍として大きな顔をしている蔡瑁の兄弟たちのひとりとして、ここには来ていないではないか」
「それより、兵糧をなんとかするように、劉表様に知らせなければならん」
 伊籍は、全体に眼をむける。そして一度眼をつぶる。苦しくても、再び開いた眼には、当面なにが必要かということしか映っていないのだ。
 伊籍は、毎日竹簡(竹に書いた手紙)を認めて、劉表に報告を送っているようだった。
 敗走した劉表軍の一部を、劉備が新野に収容しはじめた。日に日にその数が増え、やがて一万にも達した。新野に、兵糧は蓄えてあるようだった。
 劉備軍が、新野を出た。六千の全軍である。騎馬隊は多く、千二百ほどはいる。
「どういう気なのだ、劉備は?」
「あれが、劉備という人なのだ」徐庶。
「五万の曹操軍に、六千でか?」
「無論、正面からぶつかり合ったりはしないだろう。だが、曹操軍が再び荊州に入

ろうとすると、劉備軍に悩まされることになる」
「押し潰されるような気がするがな、劉備軍は」
「どうすれば押し潰されないで済むか、当然考えておられよう。劉備様は、これまで何度も曹操と闘っておられる」
「そして、負けている」
「ほんとうに負けていたら、劉備軍など存在していない」
伊籍の言う通りだった。負けても負けても、しぶとく生き延びている。劉備の息の根を止められない曹操は、ほんとうに勝ったとは言えないのだ。もしかすると、曹操自身がそれを一番よく知っているのかもしれない。
新野を出た劉備軍は、一直線に州境にむかった。百里を、二日で進んでいる。輜重も、一日遅れただけだ。
劉備軍は、どこかの城に拠るということはしなかった。歩兵二隊、騎馬二隊に分かれ、州境沿いに展開した。野戦の構えである。
「ただでさえ少ない軍勢を四つに分けた。籠城戦をするというなら話はわかるが、野戦を選んでいる。ほとんど捨身で、死ぬ覚悟でもしているように、私には見えるぞ、伊籍」

「死ぬ覚悟などであるものか」
「どうしてわかるのだ、それが?」
「劉備様は、曹操を生涯の敵とされている。いずれもっと大きくなり、曹操と対等に闘えるようになるまで、死ぬ覚悟などされるものか」
「ならば、劉備軍の展開は奇策なのか。地の利のある荊州に引きこみ、曹操軍をかき回そうというのか。曹操が、そんな奇策にたやすく乗るのか。さすがに劉表軍も動きはじめ、劉備軍の背後十里(約四キロ)ほどのところに三万で陣を組んだ。
「及び腰の陣だな。指揮する者がいないのだろう。劉備軍の側面掩護の陣を組めばいいものを、後ろに隠れる恰好だ」
「それでも、輜重も到着しはじめた。この勝負を、どんなふうに見る、徐庶?」
「曹操が圧倒的だと思えるのだが、よく見えぬ。狸と狐がばかし合いをやっているような気もする」
「劉備様の本陣に、行ってみるか?」
「それもいいな。劉備玄徳という男にも、一度会いたいと思っていた」
「まったく、仕官するならともかく、君は人に会いたがるだけだからな。劉備様に

「そうしてくれ」

馬を進めた。

劉備の本陣の二里（約八百メートル）ほど手前で、誰何された。伊籍が名乗っている。陣に隙はなかった。すぐに迎えの者が来て、陣営に案内された。

「これは、伊籍殿。どうされたのだ。ここは危険だぞ。西平とむかい合った州境で、いつ曹操軍の攻撃を受けるかも知れぬのだ」

劉備は、穏やかそうな表情をしていた。特徴といえば、常人より耳が大きいということぐらいか。猛将という印象からは、ほど遠い。ただ眼の奥に、測り難いような激しさがある。それが、表面に出てくることもあるのだろう、と徐庶は思った。

劉備の眼が、徐庶にむいた。やはり表面は穏やかそうな眼である。

「私の友人で、徐庶という者です。諸国を流浪して八年。さまざまな武将とも知り合っているのですが、決して仕官をしたがらない変り者です」

「ほう」

劉備が眼を細めた。徐庶が名乗って頭を下げると、劉備はにこりと笑った。その
は、そのように申しあげる。この男は、仕官などせぬとな」

笑顔が、なぜか徐庶を戸惑わせた。
「徐庶殿か。私も流浪を夢見ることが時々ある」
「なにもかも放り出す。その決心さえできれば、難しいことではありません」
「なにもかも、放り出せる。たったひとつのことを除けば」
「なんです、そのひとつのこととは？」
「志」
　意外な答とも、思わなかった。それでも徐庶は、劉備が抱いている志がなんなのか、訊くことはできなかった。気軽に触れてはならないもの。そんな気がしたのだ。
「曹操は、手強いのでしょう、劉備殿？」
「手強いなどというものではない。私は、名を耳にしただけで、恐怖を感じる。こうやって対峙すれば、全身がおののく。それほどの武将です、曹操殿は」
「それにしては、余裕のある陣を敷いておられます」
「なんの。私の軍は六千に過ぎないが、五万と想定して、曹操殿とむき合っている。兵を四つに分けているように見えるだろうが、五万の兵なら、実は繋がるのです。堅陣を敷いたつもりなのだがな、遊んでいるのか、という言葉が出かかったが、徐庶はなんとかそれを呑みこんだ。

六千を五万と想定して、なんの意味があるのか。
「そろそろ、戦がはじまりますね」
「そろそろではない。すぐにでも、曹仁が三万の兵でこちらへむかってくる、という報告が入っている」
「陣は、このままですか?」
「とりあえずは」
「余計なことかもしれませんが、敵の主力はこの本陣に集中してきます。わずか三千の歩兵で、踏ん張ることができるのですか?」
「三千ではない。三万と思っている」
「しかし、三千でしょう」
「そうだな。しかし、むこうも三千と思っている。そこが、つけ目でもある。二度とは使えない方法だが」
「とにかく見てみよう、という気持に徐庶はなった。三千なのに、三万の動きをする。そんなまやかしが、ほんとうに通じるのかどうか、見てみたかった。
「不安なら、ここを離れた方がよいぞ、徐庶殿。三千と三万では、大違いだ」
「いや、私も三万と思うことにしましょう」

「そうか」

劉備が笑った。笑顔が、また徐庶を戸惑わせた。注進が入ってきた。敵が五里のところまで迫ってきたという。聞いても、劉備に焦った様子はなかった。

「さて、騎馬隊が思ったように動いてくれるかどうかだ。張飛が四百騎、趙雲が八百騎。うまく相手を止めてくれないことには、見物の徐庶殿に笑われるな」

劉備は、前方に眼をやった。平坦な土地だが、わずかに起伏があるのか、前方二里は見通せた。意外に巧妙な陣を、劉備は敷いているのかもしれない。

やがて、前方に土煙が見えてきた。

騎馬が先頭で突っこんでくる。劉備は動かなかった。兵は戦闘態勢をとっているが、本陣が最初にぶつかるわけではない。まず、騎馬隊で両側から攻める気か、と徐庶は読んだ。それで、騎馬の動きは止められる。すると後続の歩兵も止まる。多少の混乱が起きるだろう。しかしそこで五千の歩兵が打ちかかっても、混戦になり、やがては兵力差で押される。混戦に持ちこまれる。どこで防ぐのか。

敵の先頭が拡がった。後続の歩兵も拡がっているようだ。四カ所の陣を、同時に攻める。そのためには、拡がらずにはいられないだろう。

不意に、八百の騎馬隊が駈け出した。『趙』の旗。敵の騎馬隊の真中を、縦列できれいに断ち割っていく。そこへ、二千の歩兵が突っこんだ。
「行くぞ」
劉備が言う。まわりには、三十騎ばかり。あとは三千の歩兵である。徐庶は乗馬し、伊籍も慌てて馬に跨った。
「私のそばを離れるな、伊籍。劉備軍に、噂されている通り精強な騎馬隊があるのなら、面白いことになる」
駈け出した。二千の歩兵の後方。すでに、騎馬隊は断ち割られ、歩兵の中にも間隙ができている。趙雲の八百騎が、不意に圧力の方向を左右に変えた。歩兵は、突っこんでいかない。反転してくる敵の騎馬隊に、槍を突き出している。断ち割られ、前方に相手を見失って反転しようとする騎馬隊は、すでに勢いを失っていた。槍で阻止され、左右に押される。間隙を衝いて駈け抜け、敵中深くへ突っこんでいく。馬蹄が響いた。『張』の旗。まったく無駄がなかった。一頭の巨大なけものとも見える。見事な動きだ。
敵陣の中で、『曹』の旗が揺れた。張飛の騎馬隊が、曹仁の本陣に届いたようだ。不意に、張飛を後ろから押すように、趙雲が突っこんだ。『曹』の旗が、後退して

いる。やがてそれは、はっきりとわかるほど乱れ、散らばっていった。張飛が、曹仁を追い回しているようだ。

軍は、本陣が潰されると、頭のない蛇のようになる。潰走するのに、それほどの時はかからなかった。

追撃は、一切なかった。

むしろ劉備は、三里（約一・二キロ）ほど全軍を後退させた。伝令を出している。すぐに、後方の劉表軍が、真後ろまで進んできた。三万の軍を背後にして、劉備軍が攻撃の構えをとっている。

潰走した敵を追わなかったのは、なかなかのものだ、と徐庶は思った。首を取ったところで、部将の曹仁である。

曹仁の軍は、陣を組み直して、また進んできた。両軍とも、兵の消耗が激しいわけではない。曹仁が、張飛の騎馬隊に追い回された、というだけのことだ。

「なんだ、これは」

二里（約八百メートル）前方の曹仁の陣を見て、関羽が声をあげた。

「隙だらけの陣ではないか。曹仁も、一度張飛に追い回されて、頭に血が昇ったのか」

「いや、関羽。うかつに攻められぬぞ。いやな感じがする。負けたあとは、普通なら堅陣を組むはずだ」
「こちらは、劉表軍の三万も加えています。弱兵ですが、われらが曹仁を突き崩したのを目の当たりにしております。つまり、勝ちに乗ることができるのです、殿。弱兵でも、勢いはつきます」
「うむ」
束の間、劉備は迷ったようだった。
「突っこませてください、殿。穴だらけの陣ではありませんか」
「待て。待つのだ、趙雲」
「これを逃すと、曹操の本隊が出てきかねません」
劉備は、本能的になにかを感じ取っているようだが、それを言葉で説明できないでいる。行け、と言いそうにも見えた。
「これは、八門金鎖の陣」
「なに」
徐庶が眼をむけてきた。
「うかつに攻めこむと、劉備が全滅します。しかし、曹操軍がこの陣を使えるとは」

「どういうことなのだ、徐庶殿?」
「穴だらけに見えるのは、八門と呼ばれ、敵を呼びこむ入口です。たとえば正面の休門から攻めこめば、あそこの景門、開門から閉じられ、安全な出口を失い、危険な出口にむかうことになります」
指さして、徐庶は説明した。どこがどう閉じてくるかも、ひとつひとつ示した。
「なるほど、こんな陣があるのか」
「一見して、穴だらけの陣に見えます。開門から入り、生門へ抜けるのが、唯一崩す方法だと私は思います」
「どこなのだ、その開門は?」
「それを見きわめるのが、この陣に対する時のすべてなのです。見きわめれば、すなわち勝ち、見誤れば、すなわち負けます」
「攻めずに、放っておいた方がよいか。そういう陣だということか?」
「しかし、敵はこのまま少しずつ移動できます。人の歩く速さぐらいでは」
「では、荊州に深く入られるな」
「あれを押し包むほどの大軍があれば別ですが、あと五万は必要でしょう」
徐庶は、じっと陣形に眼をやった。心を空白にする。そして、なにかが見えてく

るのを待った。見えてくる。ほんとうに、見えているのか。
「劉備殿。私に賭けてみることがおできになりますか?」
「徐庶殿に、賭ける?」
「劉備様、徐庶は軍学に長じております。それも頭の中だけでなく、さまざまな戦場に、時には兵卒として、時には隊長として立っております」
「八門金鎖の陣か」
「張飛殿と趙雲殿の騎馬隊だけでよいのです。千二百で、あの陣は崩せるかもしれません」
「崩れない時は?」
「恐らく、千二百は全滅。こちらから助ける暇もありますまい」
　劉備が、眼を閉じた。張飛と趙雲が、それぞれに自分が先に行くと言った。眼を開いた劉備が、じっと徐庶を見つめてきた。その顔が、かすかにほほえんだ。なぜか、徐庶はまた戸惑いを覚えた。
「やってみよう。ここでやらなければ、これからの曹操軍との戦では、いつも八門金鎖の陣を取られる」
「勝てると思います。しかし、保証はできません。私の見切りが誤っていれば、こ

「の首を刎ねていただくしかない」
「その時は、私に運がなかったということだ。徐庶殿と伊籍殿は、速やかにここを去られるとよい」
「それはできませんね、私も伊籍も。性格がそうなのです。まあ、ここは逡巡は禁物です。張飛殿と趙雲殿は、私が言う通りに陣の中を駈け回ってください。お二人が陣から駈け抜けてこられたら、関羽殿が歩兵で打ちかかればよい。中身のない殻のようなもので、すぐに破れます」
　徐庶は、土の上に八門金鎖の陣を描いた。
「ここから入り、ここへ出る。進路は、この通り、単純なものです」
　徐庶が木の枝で進路を示すと、張飛も趙雲も大きく頷いた。
「多少、敵を打ち払わなければなりませんが、留まらないことです。千二百騎が駈け抜ければ、背骨を抜いたようなものなのですから」
「よし、行け。関羽は、歩兵を小さく固めよ」
　三人が、駈け去った。
　すぐに騎馬隊が動きはじめる。徐庶は、腕を組んだ。なぜ、こんな建策をしたのか。ただ、見物に来ただけではなかったのか。

深くは考えなかった。騎馬隊が、矢のように陣の中に吸いこまれていくのが見えた。土煙。喊声。陣の外郭は崩れない。待った。長い。長すぎる、と思う。出てくるはずだ。駄目なのか。土煙が、視界を遮る。

そう言い聞かせた。待ち続ける。

不意に、二騎が陣から駈け出してきた。張飛と趙雲。ひと呼吸置いて、騎馬隊が駈け出してくる。

「よし、関羽殿、攻められよ」

徐庶が叫び、関羽の歩兵が一丸となって打ちかかっていった。脆い、土の壁でも崩すようなものだった。劉表軍の三万は、ただ呆然と眺めている。

劉備が、鉦を打たせた。敵を追い撃っていた劉備軍が、整然と駈け戻ってくる。

「お互いに、力を測る戦は終りだな。やがて、曹操殿も、北の戦線へ戻られる。曹操殿の目論んでおられたことが、ようやく河北で起きたようだ」

劉備のそばに、小肥りで眼の細い男が立っていた。

「応累か」

「これは、徐庶様。わが殿の陣におられるのを見て、いかにも徐庶様らしいと思っていたところです」

間諜の腕を売っていた男だった。応累の末の弟の面倒を、一度みてやったことがある。その時、礼に現われたのが応累だったのだ。間諜の腕を売っているとは、自分から言った。
「弟は、どうした?」
「死にました」
「そうか。ひと時助けても、無駄かもしれぬと思っていた」
「ひと時でも、助けていただいたということが、私の救いになっております」
　応累が笑った。
「ところで、ここに応累がいるということは、河北で袁尚と袁譚がぶつかったな」
「はい、喧嘩というより、戦をはじめてしまいました。冀州の支配権をかけた戦でしたが、袁尚の方が優勢で、袁譚は平原まで逃げ、袁尚がそれを追って囲んでいます。袁譚はついに、曹操に降伏し、助力を求めてきたというわけで。そのための使者が、三、四日後には西平に到着いたします」
　曹操が南へ兵力をむけてきたのは、兄弟に共通の敵がいなくなることで、安心して争いができる状況を作ろうとしたのか。そして劉備は、曹操の荊州攻めが一時的に過ぎないことを読んでいたのか。

それを肚の底に持ちながら、二人は力を測り合ったということなのか。
「新野に戻るが、よかったら徐庶殿も、伊籍殿とともに来られるがよい」
　劉備が言って、笑顔を見せた。この男の笑顔には困ったものだ、と徐庶は思った。
　また、動揺してしまったのだ。
　劉備軍は、陣払いをはじめている。背後にいた劉表軍は、まだ呆然として陣を組んだままだ。追い払われた曹仁の軍は、そのまま西平へ戻ったのか、もう姿は見せない。
「ところで、応累は徐庶殿と知り合いであったのか？」
「末の弟が、賊徒でございました。つまらぬ盗賊で、幷州の山中で徐庶様に捕えられました。徐庶様は、常人技ではない剣を遣われます。斬られて当然だった弟を、徐庶様は半年も連れて旅をしてくださいました。それで、弟は賊徒から足を洗いました」
「しかし、死んだのか？」
「はい、私のもとで、間諜ができる技を身につけようとしておりましたが、裏切者に見えたのでしょう。私も、私の部下も、防ぐことができませんでした。幷州の山中の、私の家です」
「の仲間の賊徒に殺されました。

「そうか。応累は幷州の出であったか」
「弟とは、母が違いました。その母もすでに亡く、父はなぜか弟を疎んじて育てました。ほかの兄弟のように、間諜の技を身につけることもできなかったのです」

劉備が頷いた。

悲しげな眼をした少年だった。だから徐庶は助け、しばらく供にした。剣の技をしきりに習いたがったので、教えた。賊徒としてその技を遣うかもしれないという危惧はあったが、上達はしなかった。そんなことにむいている男ではなかったのだ。応累が迎えにきたのは、半年経ってからで、その時はじめて兄と知った。以前に現われた時は、ゆかりの者としか言わなかったのだ。

「間諜の腕を売っていると申しましたが、もっぱら劉備様にだけ買っていただいております」
「なぜだ?」

間諜は、金で情報を売る。買ってくれるなら、誰でもいいはずだ。
「おひとりのために働かなければ、駄目になっていくような性格の男です。別のわけも、ないわけではないのですが」
「志か、劉備殿の」

「御想像にお任せいたします。私はこれで」
　応累が、頭を下げて立ち去った。雑兵の姿であることに、徐庶ははじめて気づいた。
「八門金鎖の陣か。長く戦陣の中で生きてきたが、私はまだまだなにも知らぬ」
「曹操の与えた策だったのでしょう。軍学にかけては、並ぶ者がいないと言ってもいい」
「しかし、それを破ってしまった。曹操殿は、私についての評価を変えたであろうな。いや、違うか。私が、すぐれた軍師を得たと思ったかもしれん。軍師を得たとなれば、ひどく警戒を抱えている、と昔から羨しがられていた。三人もの猛将よう」
「軍学など、それほど大袈裟なものではありません。実戦の経験の方が、大事なのかもしれない」
「曹操殿には、その両方がある。どうだろう、徐庶殿。新野にしばらく留まって、私の軍師をやってくれないか?」
「それはいい」
　伊籍が言った。

「ただ、この男は、いつふらりといなくなるか知れたものではありませんが」
「どうだろう、徐庶殿？」
「幕客に加えていただいたとしても、それほどのことができるとは思えません。ただ、伊籍とは、いつも会えるところにいたい、と思っています」
「ならば、新野にいてくれ」
伊籍とは、別れてもまたいつか会う。徐庶は、劉備という男に興味を持ちはじめたのだった。悪い癖だ。そんな気もした。しかし、理由もなく笑顔が徐庶を惹きつけた。
劉表の軍が、引き揚げはじめている。劉備軍が陣を払いはじめたから、そうしているという感じだった。
「戻ろうか、新野へ」
劉備が言った。曹操はすぐに北へむかう。劉備はそう判断している。決断は意外に早いのかもしれない、と徐庶は思った。つまり、見かけとはまた違う。
馬を並べた。
騎馬隊を指揮する、趙雲の大きな声がした。

制圧の道

1

　月が、揺れ動いていた。
　水面(みなも)に映った月である。
　周瑜(しゅうゆ)は、軍船の舳先(へさき)にひとりで立っていた。かたちをはっきりと見きわめることもできない。月は満月に近いが、水面では千切れ、またひとつになることをくり返していた。
　水軍の大部分を、皖口(かんこう)に集結させた。建業の会議で、江夏(こうか)を攻めることが決定したのである。孫権(そんけん)も、やはり江夏の黄祖(こうそ)の存在を、その血が許さないようだった。
　揚州(ようしゅう)以外に攻めるとなると、まず江夏である。
　周瑜は、江夏攻めに反対はしなかった。孫家(そんけ)の水軍は、そろそろ実戦を必要とし

ている。これまで実戦をしてきたといっても、ほとんどが叛乱を起こした豪族の鎮定で、外敵とは闘っていないのだ。
 その叛乱も、少なくとも建業から予章郡巴丘までの川沿いでは、皆無になった。孫策が死んで、すでに二年余が過ぎた。揚州内の鎮撫と、水軍の育成と、孫権の補佐。周瑜にとっては、寝る間も惜しむほどの忙しさの連続だった。本拠としていた巴丘にも、二度しか戻らず、しかもひと月足らずの滞在だった。
 細かく見れば、揚州内に叛乱の芽はまだいくつかあった。川沿いは周瑜が、そして陸は孫権が、分担して鎮撫した。それで、孫家の力はさらに大きくなり、叛乱の芽もいずれ消えるだろうと思えた。
 すると、孫権の心の底にあった、外征という言葉が出てきたのだ。孫策ほど、大規模な外征をしようというのではない。江夏を攻め、黄祖を討つというのである。
 それは必要なことだった。やがて、曹操が南下してくるのは眼に見えていた。数年後かもしれず、来年かもしれない。いまのところ、曹操は河北の制圧に没頭しているが、つい二カ月ほど前は、荊州に軍を出したのだ。八月に進攻し、九月には引き揚げていた。
 曹操が南下してきた時、江夏に黄祖がいることは、揚州にとっては脇腹に刃物を

突きつけられたようなものだった。それは、孫権も考えたことだろう。江夏攻めに当たっては、総大将は孫権だったが、実際の指揮は周瑜が任されているといってよかった。特に、今回は水軍の戦（いくさ）ということになるのだ。
　皖口（かんこう）まで来て、集結中の軍船を見た時、周瑜はこれを指揮できるのかという、ほとんど恐怖に似た感情に襲われた。考えてみれば、自分が経験した大きな戦には、ずっと孫策という指揮官がいたのだ。それを補佐するのが、周瑜の仕事だった。
　孫策の死後、揚州内で鎮撫のための戦の指揮はしたが、どれも小さな戦だった。五万の兵力と軍船を指揮し、揚州の外で戦をするのだと思うと、不安は強くなった。それを他人には見せられないと思う分だけ、不安は内に籠（こも）り、恐怖に近い感情になったのだった。
　戦など、はじめてしまえば夢中で闘うだけではないか。自分にそう言い聞かせた。なんとか、不安を押しのけようとした。孫権軍の実質的な筆頭の将軍なのだ。歴戦の老将たちに、不安を覚られたくなかった。だから昼間は、地図を見て作戦を練ることに没頭した。あらゆる事態を想定して、作戦を練っている。想定しない事態が戦では起こることもある、ということも頭ではわかっていて、その覚悟もしている。

不安など、入りこんでくるわけがないのだ。
それでも、深夜ひとりになると、忘れかけていた友だちが訪ねてきたように、不安に包みこまれているのだった。
　眠れない時、周瑜はいつも軍船の舳先にひとりで立った。
　俺は、意気地のない男だ。月明りを照り返す川面を見ながら、何度もそう思った。
孫策がいてこその、周瑜だった。そうも思う。ひとりになると、ふるえること―か
知らない。臆病な男に過ぎない。
　昼間は戦の準備や、ほかの仕事に忙殺され、夜は眠れず、数日の間に周瑜の頬はげっそりと削げた。戦を愉しみにしている太史慈などを見ると、腹が立つことさえあった。
　孫策から受け継いだ夢。それは、心の中にある。江夏を攻めるぐらいの戦で、なぜ不安に襲われたりするのだ。夢は、天下だったのではないのか。
「出撃は、いつなのだ、周瑜？」
　孫権がこれを訊くのは、二度目だった。最初に訊かれた時から、出撃の準備など万端整っていた。
「昨夜も、いい月が出ておりました」

「月が、なんだというのだ？」
孫権は、冷静な男だった。兄の孫策と較べると、判断力は完成されている。その分、圧倒してくるような迫力はなかった。
「この時季、西の強い風が吹くことがあります。その時は、黄祖の水軍は追い風を受けることになります」
「なるほど。月でそれを測るわけか」
「西風は、昨夜の月では大丈夫でしょう。放ってあった者たちからの報告も、ほぼ出揃っております。明日出撃と、殿にお伝えしに行こうと思っていたところでした」
「明日か」
「今夜も、月を観てみます。それによって、明日出撃します」
「陸の戦とは、だいぶ違う。風のむきひとつで、まるで水軍の戦力は変ってしまうのだな。こればかりは、周瑜に判断して貰うしかないようだ」
「多分、明日の早朝、出撃の太鼓を打たせることになるでしょう。兵はしっかりと調練をしておりますし、陸戦のための馬も、充分に走りこませております」
「はじめての、外征になる。兄上が言い遺された。内を固めよと。しかるのちに、

外にむかえと。その時は、周瑜と二人で、ひとりだと思えと。内を固める時も、私は周瑜と二人でひとりだと、いつも言い聞かせていた
「殿は、しっかりとひとりで立っておられます」
「そんなことは、言わないでくれ、周瑜。江夏攻めを決定したものの、はじめて外征の総大将をやるのだ。不安でどうにもならぬ。頼れるのは、周瑜だけだ」
「そのようなことで、揚州の総帥がつとまりますか。いずれは、南下してくる曹操とも闘わなければならないのですぞ」
「周瑜に言えば、叱られると思っていた。しかし、叱られると、なぜか安心する」
「とにかく、今夜の月を観て、明日の出撃を決定いたします。私は、殿とともに旗艦に乗ります。黄祖の水軍も、だいぶ東へ突出してきているようで、明日はぶつからないものの、明後日はぶつかります」

軍船には、大型のものから小型のものまで、何種類もあった。最大のものは三隻あり、三層になっていて、その上に櫓を組んで見張りが登っている。監獄の建物に似ているので、艦と呼ぶことが多かった。大型の軍船には、陸戦になった時のために、五百の兵が乗る。それは、敵の船に斬りこんだり、艨衝といって、舳先に尖った鉄を付けた丸太を突き

出した。突撃船が配置してあった。それでぶつかって、敵船の腹に穴をあけるのである。ほかにも、用途に応じて数種類の船があった。

周瑜が考え出したのは、帆をあげて船速を出す方法である。むかい風の時は畳む。櫓の推力と風と流れの力。この三つが揃った時は、大型の軍船でも信じられないほどの速さになる。操船の調練を重ねて、充分に帆も使いこなせるようになっていた。底が平らではなく尖っていて、水をよく切る先艨衝は、戦場で相手の意表を衝き、胆を潰させるのに充分な速さがあった。

これだけのものを、揃えたのだ。調練に調練を重ねたのだ。黄祖の六万の水軍にも、負けるはずなどない。

夜になると、周瑜は軍船を見回り、旗艦の櫓に登ると、ひとりでじっとしていた。軍船の進退のすべては、自分の指揮である。戦場に出るという恐怖などより、指揮を間違って取り返しのつかないことになるのではないか、という恐怖が強かった。眼を閉じる。孫策は、戦のたびにこの孤独と恐怖に耐えていたのだろうか。戦の前日は、よく眠れる、と孫策は言っていた。自分は、眠れぬまま夜明けを迎えることが多かった。大将の資格というものが、自分には欠けているのではないのか。叫び声をあげたい。それに、周瑜は躰を固くして耐えた。負ければ、死がある。

しかし、死ぬのがこわいわけではない。艨衝に乗って敵船に突撃していけたら、どれほど楽だろうと思う。
ここが、正念場かもしれぬ。周瑜は、自分にそう言い聞かせた。大将たる者は、一度は乗り越えなければならないものがあり、自分はいまそれとむかい合っているのではないか。
時々垣間見せた、孫策の暗い翳を思い出す。あれは、やはりひとりで耐えていた姿だったのだろうか。
夜が明けた。
「太鼓を打て。出撃の旗を掲げよ」
櫓の上から、周瑜は大声をあげた。戦がはじまるのだ。殺し合いなのだ。恐怖に似たものは、まだ心でわだかまっている。しかし、戦がはじまるのだ。殺し合いなのだ。恐怖に似たものは、まだ心でわだかまっている。しかし、戦をはじめることだ。心の中がどうという前に、ひとりでも多くの敵を殺すことだ。
小型の軍船が動きはじめていた。伝令船も行き交っている。やがて、二十五艘ずつ一団となった艨衝が、次々に出ていった。十八団の艨衝があり、その中の三団は船底が平らではない先艨衝だった。
周瑜は、櫓から降りた。旗艦が動きはじめる。

「騎馬や歩兵の移動とは、また違うな」
孫権がそばに立って言った。
「これほどの水軍があれば、曹操も恐るるに足らぬ」
「まだ戦をしておりません、殿。そういうことは、戦をして勝ってから言うことです」
「そうだな。しかし、周瑜がいるので、すでに勝ったような気持になる」
「いけませんぞ。戦では、なにが起きるかわからないのです。父上がそうであった。兄上も、同じようなものだ」
「まことに、そうだな。これほどの苦渋を舐めてきたではありませんか」
「水軍の戦とはこういうものだと、よく御覧になられることも、必ずあるのですから」
孫権は、二十二歳になっていた。周瑜は二十九歳である。もう、若い将軍と言ってはいられなかった。
一日、溯上した。
黄祖の水軍が待ち構えているところまで、まだ五十里（約二十キロ）はある。軍船の数では、こちらが多い。しかし陸上の兵まで含めると、劉表の増援を仰いだ黄

祖の方が多い。とにかく、水の上で勝つことだ。
その夜、束の間だが、周瑜は不思議に深い眠りに落ちた。
翌朝は、夜が明けると出発した。旗艦の動きに合わせて進むので、小型の軍船や艨衝など、楽なものだろう。
「十里上流に敵」
偵察に出ていた小船が戻ってきて、次々に報告を入れてくる。
「戦闘準備」
周瑜は言い、旗を掲げさせた。
艨衝が、二十五艘ずつ、錐のような隊形を組む。三団の、七十五艘だけ、太鼓の合図で右翼へ迂回させた。
艨衝は、敵船に突っこむと、そのまま毀れるか、一緒に沈む場合が多い。艨衝の後方には、小型の軍船がいて、艨衝に乗っている兵を収容する。さらに、船尾に長い縄を流し、収容に失敗して水に浮いている艨衝の兵を拾いあげる。
小型の軍船の動きも、調練通りだった。
黄祖は、追い風を受け、しかも流れに乗ることになる。しか
西寄りの風が吹いている。はじめは点のようだった船影が、見る見る大きくなってきた。

し、二里（約八百メートル）の間隔で、も突っこめると思っているのだろう。突っこむと、艨衝も両脇によけると、下流で風下ということになるので、三団の先艨衝が、右へ大きく迂回して進みはじめた。それにはるようにむかわせている。三団の先艨衝は、遠くへ、そして上流へ、押しやられるようにして消えていった。

速度を落とした。風と流れに乗り、いつで周瑜は、艨衝以外の船を、両翼に寄せ、中央を空けた。

黄祖はそう読んでいるだろう。それを警戒しているはずだ。中央を突き抜け

孫権が、そばに立っていた。息を呑んで見ている。

自分が、恐怖すらも忘れていることに、周瑜は気づいた。

「殿、御覧になるがいい。これが、揚州孫家水軍の戦です」

言って、周瑜は片手を挙げた。赤い旗が挙げられた。艨衝が、一斉に動きはじめる。

敵の艨衝も出てきた。艨衝同士がぶつかり合い、兵が水に放り出されている。小型の軍船が素速く近づき、敵兵は水面に出ている頭を叩き割り、味方は拾いあげる。上流にいて風に乗っているだけに、黄祖軍の艨衝の方が動きがよかった。巧みに

間を縫って、旗艦の前衛の軍船に近づいてくるものもいる。
「かなりの調練を積んだようですな、黄祖の水軍も」
「手強い、という感じがする。艨衝に、だいぶ攻めこまれてはいないか? 戦場の選び方もいい。浅くて流れが強くなっているところです」
「当然、あちらが上流で、しかも追い風を受けています。
「私なら」
「どうされます?」
「全軍を、横に回す」
「それは、敵に船腹を見せる恰好になります。艨衝のいい餌食ですな」
「いくらかの犠牲は、仕方がないと思う。こちらの方が、船の数は多いのだ」
「多ければ、犠牲を払ってもいい。そう考えていると、いずれ負けます。多ければ多いほど、犠牲も少なく済まさなければならないのです」
「しかし」
「御覧なされい。あれが、黄祖の旗艦です。押し気味と判断して、全軍を前へ出そうとしています。わかりますか、殿?」
「私も、押されているように見える」

「流れも風も、いつも味方とはかぎらないのです。それが、水上のこわいところです。旗艦は、それほど速く動けません」
「それは、わかるが」
「あれを」
周瑜は、黄祖軍の背後の方を指さした。
「いま、黄祖の旗艦の後ろは手薄になっております。あそこに小さく見えるのは、迂回したわが軍の艨衝七十五艘です。これは、先艨衝と言って、特別に速い。しかも、帆を出します。風の力は、敵の十倍も利用します。いま、帆をあげました」
「敵も、気づいておる」
「なんの。船を反転させ、流れに逆らい、風上にむかわなければ、旗艦の背後は守れないのですぞ。その前に、先艨衝は、黄祖の旗艦に突っこみます」
「まことにか？」
「あの速さを、よく御覧ください。あれが、孫家の水軍の精鋭です」
孫権が、息を呑んでいるのがわかった。敵も同じだろう。それほどの速さで、先艨衝は突っこんでくる。
周瑜は、旗艦を川の中央にむけた。すでに、大型の軍船は前へ出ようとしている。

黄祖の旗艦に、先艪衝が吸いこまれるようにぶつかっていった。一艘や二艘では出ている。二十艘以上は、ぶつかっている。すぐに、黄祖の旗艦は傾きはじめた。火もない。

「ここで、はじめて側面に回るのです、殿。黄祖は、すでに小船で逃げているでしょう。水上の敵船は殲滅し、大型の軍船は着岸して兵を降ろします。風のように襲い、輸送船の馬も、降ろさせます。もう、頭は陸戦に切り替えてください」

太史慈が率いる旗本の二千騎。それに歩兵が一万。それが、第一軍だった。黄祖は小船で上陸し、第二軍、第三軍まで続くが、第一軍だけで追撃を開始した。

に揉みあげる、孫家の戦をいたしますぞ」

途中で遮る敵は蹴散らし、追いに追った。

騎馬隊に守られて江夏の城へむかっている。

騎馬隊三千と、歩兵が五千。そのうちの二千騎と歩兵が反転してきた。かなり精強な軍だ。周瑜は、躊躇しなかった。先頭で、ぶつかった。孫権がいる。その横には太史慈がいる。押し勝った。あとは相手にせず、一千騎を追った。後方二里（約八百メートル）まで迫ったが、江夏城外の防衛線の中に飛びこんでいった。塹壕と柵。ものともせず、突き破り、跳び越えた。かつて孫策が攻めた場所とは違う、新

しい江夏城である。

黄祖は、そこへ入っていった。第二軍が到着し、第三軍が姿を見せた時は、すでに攻囲の態勢は整っていた。守兵は、それほどいるとは思えない。しかし、堅城だった。

第三軍が、城外の残敵を掃討していく。

「今度こそ、黄祖の首を揚州に持ち帰る」

本営の幕舎の中で、孫権が言った。

「それにしても、周瑜の水戦は見事なものだった。いろいろと、学ばせて貰った」

「荊州の水軍も、馬鹿にはできません。江陵に大兵站基地と造船所を作っているようですし。江夏には、船も兵糧もすぐに補給できます。江夏を奪り、いずれ江陵を攻める。そこまでの展望を、殿はお持ちくださいますように」

「わかっている、周瑜。いずれ曹操が南下してくることまで、私は視野に入れている」

まだどこか甘いところがあるが、孫権の判断力は完成されたものだった。特に民政に関しては、失敗はひとつもない。

「江夏は、奪れる。江夏を奪れば、揚州は飛躍できる。かつて父上が拠って立たれ

た、長沙郡にもたやすく手をのばせる」
「荊州の兵は、弱兵です」
太史慈が言った。
「実戦を重ね、調練も積んでいるのは、黄祖の兵だけです。劉表からの援兵は、士気も低く、まとまりもありません。どうも襄陽で軍を掌握している、蔡瑁という者が、無能なのですな。兵を見て、それがわかります」
江夏城は、すでに落としたような雰囲気だった。
周瑜は、かすかに高揚する気持を抑えていた。はじめて、総指揮を執った、人きな戦だった。見事に勝つことができたのだ。戦の前の、自分を苛んだ恐怖に似たあの感情はなんだったのだ、といまは思い返せる。
酒宴になった。
兵糧から、酒や武具まで、輜重で運ぶ必要はない。大型の輸送船が数艘あれば、それで足りてしまう。
孫権は、自ら周瑜に酒を注いだ。
建業から注進が届いたのは、攻囲をはじめて十日ほど経った時だった。
孫権が、顔色を変えた。

丹陽郡の南の山岳地帯で、山越族が叛乱を起こしたというのだ。注進に間違いはなかった。一万という数字もわかった。その一万が、それぞれに分かれて、叛乱に同心する者を募りながら進んでいるというのだ。

「山越の者ども、帰順を誓いながら、よくも裏切ってくれた。皆殺しにしてくれる」

めずらしく、孫権は感情をむき出しにした。山岳部の鎮撫は、孫権自身でやった。

周瑜は、劉表の策謀の匂いを嗅いだ。少なくとも、武器の援助の約束ぐらいはしているだろう。しかし、口には出さなかった。

だからなおさら、叛乱には腹を立てているのだろう。

「一度、兵を退きましょう、殿。山越族は、建業の南で動いています。つまり、曹操に対した時は、背後を脅かされるということです。中途半端な鎮撫では、また、こういうことが起きます」

戦全体を見渡してみれば、実戦で勝ち、謀略戦で負けたということなのか。

「皆殺しだ。根絶しにしてくれる」

「落ち着いてください、殿。いかに少数民族とはいえ、揚州に三十万の山越族はいるはずです。たやすく根絶しになどできません」

「しかし、周瑜」
「山越族を、孫権軍の中に組みこむ。そういう鎮撫を、たとえ時をかけてもやるべきです。とりあえず、叛乱を押さえる。それは速やかにやりましょう。この軍を、建業まで戻さず、そのまま鎮圧に当てればいいと思います。あとは、時をかけて」
「しかし、江夏を眼前にして」
「戦では、なにが起きるかわからぬ、と申しあげました。それを実際に学んだだけで、よしといたしましょう。黄祖はだいぶいためつけましたし、わが軍の犠牲はわずかで済んでおります」
「そうだな。確かにそうだ」
孫権が、肩を落とした。
「済まぬ、周瑜。私の鎮撫が甘かったために、せっかくの勝ち戦で、江夏を奪れなかった」
「殿が、そんな謝り方をなさってはなりません。山越族を完全に味方につけ、わが軍に組みこんだ時、思い返してみればいいという程度のものです」
周瑜は、陣払いを命じた。
幕舎の周辺がにわかに騒々しくなったが、孫権はまだ肩を落としたままだった。

2

黎陽に、五万の兵を入れた。

河北制圧の拠点が、これほど早く役に立つとは、曹操も考えていなかった。袁紹の息子たちの、自制心のなさは、曹操の想像以上だった。袁南に、兵を動かした。つまり、河北への圧力を緩めてやった。袁尚と袁譚の暗闘が激しくなり、袁家の力が衰弱していくだろうと読んだのだが。結果、袁譚が負け、平原郡まで敗走した。

兄弟の配下とは、それぞれ程昱や荀攸が接触を試みていた。負けた袁譚の配下が、程昱の誘いに乗った。

袁譚は曹操に降伏し、同時に救援を求めてきたのである。

「事がうまく運びすぎている、という気がいたします」

黎陽の城内の館で、夏侯惇が言った。袁譚の降伏が、その場を凌ぐための偽装ではないか、と疑っているのだ。曹操は、疑うのではなく、はじめから偽装と見てい

「これから袁尚を鄴へ追い返す。すると袁譚はおかしな動きをはじめるだろう。それは放っておけ」

「なるほど」

「河北の制圧は、まず鄴を奪ること。次には、冀州を中心とする豪族たちの懐柔。袁紹の倅どもの始末は、最後でよい」

いま、平原の袁譚は、冀州から来た袁尚軍に囲まれて、虫の息というところだ。曹操が進攻する姿勢を見せれば、袁尚軍は立ちむかってくるか。それで、袁尚の肚の据え具合もわかる。あっさりと逃げ出すようだと、袁尚という男も知れたものだった。激しく抵抗するなら、河北の豪族の中にはまだ袁家を選ぶ者が多いだろう。

しかし、袁紹はなぜ、息子たちをもっとしっかりと育てておかなかったのか。後継を決めなかったのが、やはり大きいと思える。河北四州の中心である冀州を領しているので、なんとなく袁尚が後継という扱いをする豪族が多いだけだ。

自分にも、息子がいる。曹丕と曹植である。十七歳と十二歳になった。嫡男の曹昂は、淯水のほとりで張繡に襲われた時、甥の曹安民や典韋とともに死んだ。

曹丕には、十五歳になった時から、女も与えてあった。三十を過ぎた寡婦で、閨

房(ぼう)の技にはたけている女を選んだ。次に、十五歳の娘を与えた。ひと時は女体に溺れたようだが、半年ほどでそれはやんだ。二人の女を取りあげ、それぞれ相手を見つけて嫁(とつ)がせた。曹丕(そうひ)には、別な女を二人あてがった。好色であってもいい。溺れなければいいのだ。

 それで、幼いなりに、女がなにかとかいうことがわかったようだ。

 曹丕と曹植(そうしょく)のどちらを自分の後継にするか、曹操(そうそう)はまだ本気で考えたことがなかった。

 嫡男(ちゃくなん)の曹昂(そうこう)を死なせてしまった、というこだわりがどこかにあるのかもしれない。しかも、曹操が曹昂の馬で逃げたから、死ぬことになったのだ。曹昂には、天下を取る器量はなかった。あの時もいまも、自分にそう言い聞かせている。だから、自分が助かるべきだったのだ。

 勝手な思いこみであることは、わかっていた。張繡(ちょうしゅう)の襲撃も、自分の油断と軽率さが招いたことだったのだ。

「いつ、黎陽(れいよう)を出られますか?」

「二、三日のうちだ、夏侯惇(かこうとん)。戦(いくさ)の心構えだけはしておけ」

「それは、もう」

「兵数は、六万。黎陽には、二万を残しておけばよいであろう」
「そのように、準備いたします」
「曹丕も、平原に伴うぞ」
夏侯惇が、眼帯に手をやった。考える時の、癖である。
「負けた家の倅がどういうものか、よく見せてやる」
「なるほど。そばには、誰を置きましょうか?」
「張郃を付けよ」
「しかし、それは」
「もともと、袁紹の部将であった。それもまた、よく見るがいいのだ」
「かしこまりました」
夏侯惇が退出する。
黎陽の館は、ずいぶんと居心地がよくなっていた。火も、二カ所に入れられるようになっている。河北は、これからは寒い季節になる。
二日後に、黎陽を進発した。
それを知った袁尚が、鄴に撤退しつつある、と袁譚の伝令が知らせてきた。このまま鄴を衝くべきだという意見が幕僚の中にあったが、それはやめておいた。鄴を

攻めるには、兵力が足りない。次に鄴を攻める時は、必ず落とそうと曹操は思っていた。

平原まで、抵抗らしい抵抗は受けなかった。

迎えた袁譚は、何度も拝伏した。いささか卑屈すぎる、と感じられるほどだった。張郃は横をむいて、苦しそうな表情をしている。

「袁紹殿の喪もあるだろうと思って、私は兵を退いた。二年は、河北を攻めないつもりでもいた。それをいいことに兄弟喧嘩とは、なんという浅ましさだ。なぜまた、こんなことになった、袁譚殿？」

「私は、袁紹本初の嫡男です。嫡男として袁家をまとめようとしても、弟に反対されてしまうのです」

「三男の袁尚殿とは、そのように身勝手なのか？」

「黎陽を攻められた時に、おわかりになったはずです。鄴に十数万の大軍を擁していながら、黎陽を守るために送った兵は三万。しかも自分で指揮をしてきて、あまり働かせようともいたしませんでした」

「困ったものだな。それで、袁譚殿は、なにを望む」

「いまはただ、わが領土と領民を守りたい、という思いがあるだけでございます」

「青州を望むというのだな。わかった。青州刺史のままでいられるよう、私から朝廷に奏上しておく。今後、袁尚殿が再び攻め寄せてくることがあれば、私が打ち払おう。だから、袁譚殿も、決して鄴を攻めてはならぬ。それが、袁紹殿に対する弔いだと思え」
「決して、鄴を攻めはいたしません。しかし、弟はまた攻めてくると思います」
曹丕は、眼を細め、不快そうな表情で袁譚を見ていた。袁尚殿が青州を攻めることがあれば、私が許さぬ。安心して、青州の治政に励め」
「よい。袁尚殿が青州を攻めることがあれば、私が許さぬ。安心して、青州の治政に励め」
袁譚が、また拝伏した。
その間に、曹操は腰をあげた。袁紹は、愚かな息子を持った。その思いが、かすかな切なさを伴ってこみあげてきた。
幕舎に、曹丕を呼んだ。
張郃が、そばに付いている。かつて、袁譚に付いていたこともあったはずだ。張郃の拳は、まだ握られたままだった。
「父上、私には袁譚の降伏が、まことのようには思えません」

「ほう、なぜだ?」
「父上は、袁紹殿の仇ではありませんか。本来ならば、たとえ殺されても、斬りかかるのが当然。それは、袁譚にもわかっているはずです。ああやって膝を屈しているのは、いずれ隙を見て、と考えているに違いありません」
「張郃は、どう思うのだ。袁譚については、よく知っているのであろう」
「無念です」
「なにがだ?」
「袁譚様が丞相に斬りかかったら、私が首を打とうと思って死なせるのが、かつて臣従した者のつとめだと、思い定めておりました。そうやって死なせるのが、かつて臣従した者のつとめだと、思い定めておりました」
「首を打ってくれ、という素ぶりはなかったな」
「そこが、無念なのです」
「おまえは、主を間違えたと悟って、袁紹殿のもとを離れたのであろう。それでも、やはり無念なのか?」
「男子たる者、死を選ぶべき時がございましょう。それすら、袁譚様は忘れておられます」
「わかった。もうよい」

「父上、袁譚をこのままにしておかれるおつもりですか?」
 曹丕が、身を乗り出すようにして言った。
「なにか、やります。必ず、なにかやると思います」
「やればよい。それで、袁譚を討つ名分も立つというものだ」
「丞相、その時は、私に先陣を」
「無理をするな、張郃。今日、おまえを立ち会わせたのさえ、残酷なことだったと、いまは後悔しているのだ。この上、袁譚を討たせようなどとは思わぬ」
 張郃がうつむいた。
 三日平原にいただけで、曹操は黎陽に戻った。荀彧を、許都から呼んだ。
「長征になる。十五万の軍で、どれほどの長征が可能か?」
「まず一年」
「短すぎる」
「そうおっしゃられても、兵站は続きません。ただし、この黎陽を拠点にしていたら、ということでございますが」
「鄴を拠点にし、冀州を速やかに平定する」

「ならば、二年」
「三年にしろ、荀彧。河北の豪族たちは、思いのほか頑固だぞ」
「実際には、最低で二年です。領地は日々増えていくのでありましょうし。いつでも、その気になれれば遠征は可能かもしれません」
「いま蓄えてある兵糧を鄴に運びこんで、二年は保つと荀彧は言っているのだろう。つまり、冀州を制してしまえば、兵站の心配はないということだ。許都のことは、荀攸や程昱らに任せておけばいい。
「荀彧、おまえは黎陽にいろ。
「鄴を落としたら、鄴に移れ」
「つまりは、冀州の民政を、私が担当するのでございますか？」
「すでに荒れている。これから、もっと荒れる。それを、速やかに立て直して貰いたい。一年で税があがるようにしてくれ」
「また、無理を私に押しつけられますか、丞相は？」
「私とおまえは、どうもそういう縁のようだ」
曹操が言うと、荀彧は苦笑した。
荀彧はそのまま黎陽に留まり、長征の準備にかかった。まずは兵糧の移送である。
今回だけは、兵は最後でいいと思っているようだ。

曹操は、夏侯惇と長征軍の編成を決めた。南にも西にも備えは必要で、十五万はいくらか無理があった。あとは十万の軍勢での長征が限界だった。
「ところで、夏侯惇。ちょっと気になることがある。河北ではなく、荊州のことだ」
「揚州ではなく、荊州でございますか」
「曹仁に、八門金鎖の陣をとらせた」
「つまり、劉備のことですな」
「あの男のことだ。要心して、陣に攻めこむことはしまいと思っていた。ところが、攻めこんできて、見事に陣を破った。私は、ちょっと驚いたぞ。絵に描いたように陣を破ったのだからな。もしかすると、軍師を得たのかもしれん。そうなると、厄介だ」
「調べてみます」
「頼む。気になってならなかったことだ」
　夏侯惇が頷いた。

3

平原の袁譚を、また袁尚が攻めた。

当然のことのように、袁譚は救援を依頼してきた。

曹操は、十五万の軍勢を黎陽に集結させた。はじめから、決めていたことだった。しかし、鄴、平原にはむかわず、やがて袁尚は平原から退くだろう、と袁譚には知らせてやった。いまのところ、袁譚は曹操に降伏して、こちら側に立った人間なのだ。

黎陽から、鄴への道。わずか四百里（約百六十キロ）にも満たないが、曹操は緊張していた。鄴を落とすための戦ではない。冀州を制圧するための戦なのだ。点ではなく、線でもない。面を制しなければならないのである。そのためには、沿道の豪族をこちらに帰順させたい。そうやって、面を拡げていきたい。

まずは、この道だった。昨年進軍した時の、豪族たちのさまざまな抵抗を思い出す。

昨年ほどの、抵抗はなかった。しかし、帰順してくる者も、まだ多くない。

鄴城内には、手をのばしてあった。劣勢になると、必ず裏切る。そういう人間がひとりか二人はいるものだ。
　守将のひとりが、投降したい意志を持っていた。しかし、総大将の審配の監視は厳しいらしい。やがて投降が発覚しそうになり、鄴城内で交戦して脱出してきた。
　これは、いい兆しである。ほかにも、内応者が二人か三人は出るだろう。
　鄴の近郊に到着した。
　徐々に、曹操は攻囲の布陣の構えをとっていった。本営は、鄴城に十里（約四キロ）の位置。高台で、自軍の布陣と鄴城の城壁がよく見える。
　一万ほどの軍勢が、出てきた。
　正面の先鋒には、張遼、張郃を中心とした騎馬隊を置いていて、その中には曹丕もいる。息子だから本営でのうのうとさせておく、ということはしなかった。前線にいて、兵と同じ苦しみを味わう。まず曹丕がやらなければならないのは、それだ。
「審配が率いている軍勢です。さかんにこちらを挑発しているのですが、殲滅の許可をいただけませんか？」
「やってみろ。ただ、犠牲はあまり出すな。敵を勢いづかせる」
　伝令が戻っていった。

しばらくして、張遼、張郃の騎馬隊が、二方向から正面の敵にむかっていった。およそ一万五千。審配は、小さくかたまってそれを受けた。敵が拡がっていないので、なかなか騎馬隊で突き崩せないでいる。見ているかぎり、審配という男の指揮は見事なものだ。下手をすると、一万五千を押してきかねない。

しかし、押した先になにがあるというものでもなかった。城内の士気を高めるために出てきたのだろう、と曹操は思った。騎馬のあげる土煙で、鄴城は霞の中にあるように見える。

やがて、一万が後退しはじめた。張遼と張郃が、交互にぶつかっては、圧力をかけている。曹操は、旗をあげさせる準備をした。押し続けると、危険である。

さらに、敵が退がった。張遼と張郃が、一緒になって押しはじめる。押す勢いが強くなった。曹丕はどこにいるのか。見きわめられないのはわかっていても、曹操は束の間眼を凝らした。

城門まで、敵が退がっていく。

「旗を」

言いかけた時、張遼と張郃の騎馬隊は反転して戻ってきた。城壁には、多分万を

超える兵がひそんでいるだろう。そして下まで来た時、一斉に矢を浴びせる気だ。
 そうなれば、犠牲が大きすぎる。張遼も、すぐにそれを覚ったようだ。曹操があげさせようとした旗は、退却の鉦を打つための合図だった。
 審配の兵が、城門で鯨波をあげ、城内に消えていった。
「審配は、意気盛んであります」
 しばらくして、張郃が曹丕を伴って報告に来た。
「もともと、気力は充実している男です」
「しかし、軽率に攻めこまずに、よく退いた」
「それは、曹丕様のお指図でした。これ以上近づくと、矢を浴びると」
「そうか」
 曹操が喜ぶと思って、張郃は言ったようだった。小賢しいことを、とだけ曹操は思った。あの場にいて矢のことが気になったのなら、周囲の者に守られて、直接敵とぶつかってはいなかったのだろう。
「審配という男、なかなかに胆が据っていると見たが」
「審配をひと言で表現すれば、忠烈ということでございましょう」
「家が隆盛の時は忠烈と呼べる者も多いが、傾いた時になお忠烈であるというのは、

「まことの武将だな」
「考え方は、固いと思います。奇策をもってこちらを攻めてくるということは、まずありません。ただ、守りに徹すれば、死ぬまで守りきる。そういう男です」
「こちらに、引きこめぬか、張郃？」
「城を落とすより、難しいと私は思います」
「そうか、無理か。いや、訊いてみただけだ。おまえは、審配をよく知っているであろうし」
「私は顔良の下にいて、そちらはよく知っておりました。審配には、ただ命令を受けただけです。そのかぎりで言えば、さまざまな策をめぐらすというより、剛直であり、文官でありながら、顔良や文醜よりむしろ軍人らしかった、と思いますつまり、籠城戦などでは、なかなか頑強だということだろう。袁紹の遺臣の支持も集めているのかもしれない」
曹丕は、なにも言わず、じっと張郃のそばに立っている。
「よし、張郃は退がれ。張遼とともに正面の守備は続けよ。明日には、攻囲の構えができあがる。それまで、もう正面から敵を外に出すな」
「心得ました」

張郃が退出すると、曹操はようやく曹丕に眼をむけた。
「長い滞陣になるかもしれぬぞ、丕」
「覚悟はしております、父上。ただ、私にはこれからもずっと、張郃が付いているのでしょうか?」
「不満か、張郃では?」
「戦をさせてくれません。私を安全なところにしか置こうとしないのです。張郃の気持が、わからないわけではありませんが」
　その言い方も、小賢しいことのように曹操には聞えた。しかし、叱るようなことではなかった。
「張郃は付けておく。前線へ出たいというのは、おまえの希望として張郃に言うがいい。私に許可を求めてくるだろうが、私はそれを禁じぬ」
「鄴への一番乗りを、目指したいのです」
「おまえは、部将ではない。功名のために命を賭けることもない。それより大事なことが、多分あるはずだぞ」
「一人の部将、いや兵卒として、戦を経験することも、必要だろうと思っています。これほどの戦は、私にとってははじめてですから」

「この制圧戦には、ずっとお前を伴う。いずれ私のそばに置くつもりだが、それまでは張郃のもとにいて、好きにやるがいい」
「わかりました。父上のそばに置いていただいても、邪魔にならぬような男になろうと思います」
　十八歳になったばかりだ。やはり小賢しい言い方だ、と曹操は思った。それでも、袁紹の息子たちよりは、ずっとましなのか。
　曹丕も退出すると、曹操は幕舎の中でひとりになった。戦陣では、ひとりになることを好んだ。途中で人と喋ると、考えがまとまらなくなる時がある。だから、本気で考えこんでいる時は、許褚に人の出入りを制限させていた。
　三日ばかりひとりの夜を過ごしたが、四日目の夜に、荀彧を呼んだ。
　すでに、攻囲の態勢はできあがり、いまは幕舎に代る曹操の営舎が建てられはじめていた。荀彧がいるだけで、曹操は事務的な煩雑さからは解放されている。
「あと三日ばかりで、営舎が完成いたします。幕舎の御不自由も、いましばし耐えていただければ」
「それはよい。今夜は、鄴城を落とす方法を、おまえと話し合いたかった。どうせ、なにか考えているのであろう？」

「まず、城内の誰を引きこむか。審配の甥で、審栄と申す者がおります」
「転びそうか?」
「時はかかります。ただ、叔父と違ってどこか気の弱いところがあるようです。むこうから連絡できる方法を作っておこう、と思っております」
「ほかには?」
「平原で袁譚を囲んでいる袁尚を、先に討つことですな。それで、籠城の意味はなくなるのですから」
「難しい。ここは冀州だ。地の利はまだ袁尚にある。袁尚が現われたら、手を貸そうという豪族も出てくるだろう。打ち破るだけならたやすいことだが、首を取るのは難しい。打ち払うより、袁尚が戻ってくるのを、ここで待とうと思う」
「鄴が落ちれば、袁尚は困りますからな。鄴が危ういということになれば、戻って参りましょう。いまの袁尚は、審配が鄴をしっかり守ると信じていると思われます」
「だから、鄴を締めあげる方法だ」
「鄴をよく知る者」
「張郃がいる。高覧も」

二人とも、袁紹の部将だったが、官渡で降伏してきたのだ。しかし、心の底のどこかには、まだ袁家に対する思いが残っているだろう。闘えと命ずれば闘うだろうが、自ら鞭を落とす方法を献策して手柄とするのは、潔しとしない男たちだった。また、そういう男でなければ、曹操も降伏した者をそのまま部将として使ったりはしない。
「軍人ですか、二人とも」
「無理なことをやらせれば、使いものにならなくなる。戦の無理ではなく、心を引き裂くような無理だ」
「ならば、鄴が落ちて喜ぶ者。冀州を欲しがっている者」
「やはり、あの男かな」
「許攸。官渡の戦で、袁紹軍の兵糧が烏巣にあるという情報を土産に、寝返ってきた男。その報酬が、冀州一州と約束してある。その冀州が、いま自分のものになろうとしているのだ。
「もともと強欲な上に、いまは陣中でも傲慢な態度が目立ちます。嫌っている者も多いのですが」
　ここで許攸に手柄を立てさせる。それは幕僚たちに、いやな思いをさせることに

なるとはわかっていた。ただ、いずれ許褚が斬り殺すはずだ。その許可は、官渡の戦の時に、すでに与えてある。

「丞相は、許攸の不人気を御承知の上で、鄴の攻撃軍に伴われたのではないのですか？」

荀彧は、さすがに鋭かった。

「よし、許攸を軍議に連れてこい」

「鄴が落ち、少しでも許攸の手柄があったとしたら、その日から冀州の主のような顔をいたしますぞ」

「許攸も、冀州を辞退するぐらいなら、長生きができるのにな」

荀彧が頷く。曹操がここで許攸を処断する気でいることは、遠征軍の幕僚に加えた時から、察していたのだろう。

「荀彧、私はここ数日、ずっと鄴の城を眺めてきたが、弱点らしい弱点を、見つけられなかった。このままでは、兵糧が尽きるまで、一年以上も囲まなければならなくなる」

「さすがに、袁紹が本拠としたところです。許都と較べると、だいぶ違います」

「許都の防備は、甘いか？」

「いや、丞相と袁紹の、武将としてのありようの違いが端的に出ているということです。丞相は、いつも攻めることを考えておられる。だから、許都の防備に腐心してはおられません。袁紹は、所詮は守りの人でありました」
「そうだな。それが名門の生まれということであろう」

荀彧の読みは、いつも深い。

この男が、もし袁紹の下にいたら、と曹操はしばしば考えた。もともとは、袁紹に仕官を勧められていたのだ。

袁紹よりも、自分を買った。つまりは、荀彧に選ばれたのだ。主君が臣下を選ぶ。これは当たり前だが、仕える者が主君を選ぶこともあると、荀彧を見ているとしみじみと思う。自分が主君に値しない人間であったとしても、一度仕官すれば、荀彧のような男は決して裏切らない。主を選ぶ眼を誤った自分を、ただ恥じるだけだろう。

だから、荀彧は曹操がなんと言おうと、最後の最後のところでは、決して自分を曲げはしないはずだ。
「おまえには、苦労のかけ続けだ。いまも、よく思い出すことがある」
「なんでございますか?」

「兗州で、青州百万の黄巾軍と対峙した時のことだ。あの時、おまえが話し合いに行った。三月ほどはかかった。戻ってきたおまえの髪に、白いものが驚くほど増えていた。私のために苦労している、と心が痛んだものだった」
「丞相のためというより、天下のためにやったことです。丞相に尽すことが、天下に尽すことだと、いまも私は信じています」
　それだけ言い、荀彧は退出していった。
　人情に訴えても、なかなか揺さぶることができない。それが荀彧という男だと思い、曹操は苦笑した。お互いに、心に抱いている志は違う。それは、わかっていた。ただ、それが表面に出てくるとしても、ずっと先のことだ。
　荀彧ほどの者なら、多分自分と同じことを考えているはずだ、と曹操は思った。

4

　許攸の献策は、水攻めだった。居並ぶ部将の全員が、それには怪訝な表情をした。鄴に対して、一時的な水攻めは可能でも、継続することは難しい、と思われていたのだ。

「あとの策は、丞相おひとりに申しあげようと思います」
勝ちほこったような表情で、許攸は軍議の席を見回した。夏侯淵など、露骨に唾でも吐きそうな表情をしていた。曹操はそれを許し、あとで営舎に来るように言った。秘策というわけだ。曹操はそれを許し、あとで営舎に来るように言った。

軍議が終わったあと営舎に現われた許攸は、満面に笑みを湛えていた。

「まず、城のまわりに濠を掘ることです。深い濠ではなく、人の背丈ほどで構いません。それならば、審配もあまり気にしないと思います。城からの奇襲を防ぐ目的の濠と見るでありましょうから」

黙って、曹操は許攸の顔を見ていた。ここで役立たせるために、この男を連れてきた。殺さずにおいた。そんな気さえしてきた。

「冀州城には、弱点がひとつあります」

許攸は、鄴城を冀州城と呼んだ。曹操は、黙っていた。

「いずれ、私はその弱点を改めるつもりでおりますが」

冀州は自分のものだ。そう約束したことを、よもや忘れてはいまいな。許攸はそれを曹操に伝えようとしている。曹操は、やはり言葉を発せず、ただ頷いて見せた。

「冀州城内の約半分は、漳水の水面より低いのです」

「なんと」
「意外に思われましょうが、漳水の流れが変りかけた時に、袁紹殿が丘と丘の間に土を積ませたことがありました。それで、わかったことです」
　漳水は、幷州の山から集まった水が作った流れで、最後は河水（黄河）に注いでいる。水量は、少なくない。
「私がなぜそれを知ったかというと、丘と丘の間を土で塞ぐ仕事を命じられたのが、私だったからです。理由は教えられませんでしたが、調べようという気にはなります」
「しかしなぜ、そんな場所に城を築いたのだろう?」
「昔は、漳水がもっと離れたところを流れていたようです。次第に、川底が高くなるのです。水は土を運び、その土の一部は徐々に川底に積もります。高くなった時、大雨がきて溢れ、流れが低い方へ移る。その年もかけての話ですが。二百年も二百年もくり返しなのでございましょう」
「漳水の川面が低い時に、鄴城は築かれたということだな」
「いま、漳水まで丘ふたつが隔てております。その一番低いところに、土を積む必要があったのかどうか、わかりません。ただ、袁紹殿は用心深い性格でした。丞相

「冀州城は、半分水没いたします。兵糧倉なども、かなりやられることになりましょう」

「土を積んだ丘のところを切り開き、水路を掘れば」

も、それはよく御存じでしょう」

「審配は、知っているのか？」

「知っていたのは、多分、顔良と文醜ぐらいのものでありましたろう。私とて、教えられたわけではありません」

「袁尚も、知らんな」

「鄴を奪れば、漳水の流れを変える工事をするか、鄴全体を人の高さほど高くするかですな」

許攸は、嬉しくて仕方がない、という表情をしている。

もしほんとうなら、この男の情報に、二度も助けられたことになる、と曹操は思った。これ以上、なにか情報が出てくるのか。出てくるとして、どれほどのものなのか。

「これは、冀州ひとつでは足りないほどだな」

曹操が言うと、許攸はまた喜びを嚙み殺したような表情をした。

「しかしな、冀州になにかを足すというわけにもいかぬ。冀州ひとつで我慢して貰うしかないぞ、許攸。もっとも、その冀州もまだ奪ったわけではない」
「必ず、奪れます。水没させれば、守備力は半減どころか、極端に落ちましょう。あとは、時をかければ」
「助かった、許攸」
「これは、張郃や高覧という、袁紹殿の部将だった者にも、できない建策です。なに、私も冀州を頂戴するのですから、これぐらいの建策は当たり前のことです」
 たずらに時をかければ、袁尚が大きくなりかねん」
「平原では袁尚が袁譚を囲んでおるし、私は時が惜しかった。い
 笑いながら、許攸が退出していった。
 しばらくして、曹操は許褚を呼んだ。入ってくる時も、許褚は茫洋としている。虎のように凶暴ではあるが、どこか抜けた表情なので、虎痴などと兵に呼ばれたりしていることを、曹操は最近知った。虎痴の眼の色が変ると、兵たちはふるえるという。
「私が以前に許しておいたことを、憶えているか、許褚？」
「そろそろ、我慢できなくなっても、よろしいですか、丞相？」
「よいぞ、許褚。このところ、目に余る振舞いもあるようだ」

「機会を見て、斬り捨てます」
曹操は、頷いた。
それから、鄴付近の地図に見入った。
漳水。確かに、微妙な位置にある。こちらは、丘を二つ貫く水路を掘るのに、十日。同時に城のまわりの濠も掘らせる。五日でできあがるだろう。
鄴が水につかる。袁紹は、鄴の守備を相当に固くしていたが、水を防ぐところまで手が回らなかったのか。
翌日から、曹操は五万の兵を動員して、濠と水路を掘らせた。これで鄴の城に水が入れば、返るようにして、陣中を歩いている。許攸が、そっくり自分の手柄を言い立てるだろう。
「やはり、鄴にも隙はあったようですな」
工事を検分しているところへ、荀彧が現われて言った。
「許攸は、もう要りませんな」
「くどいな、荀彧。そんなことを確かめに来たのか」
「いまのところ、私が心を砕いているのは、黎陽から鄴までの街道の確保ですが、これがほとんど問題がありません。手持ち無沙汰というところですか」

「鄴を奪ったら、冀州の民政に手をつけなければならん」
「実はそれについては、昨年の夏から方々に人を放って調べあげております。秋の収穫がどれほどあがったか、ということもほぼ摑んでおります。戦乱さえなければ、冀州は豊かな土地です」
「人も多い」
「さすがに、袁紹は戸籍を役所できちんと整えさせたようです。その役所を押さえれば、人についてもわかりはじめます」
「相変らず、周到だな」
「この戦、長くなりますか？」
「また訊くのか。鄴は、多分数カ月で落とせると思う。難しいのは、各地の鎮撫だ。まわりはすべて敵。そう思ってかからねばならん。たとえば、私が飲もうとした井戸の水に、毒が入っているかもしれん。そんなことが、いつ起こるかもしれんのだ。そういう土地を、鎮撫していく。これは、戦よりも難しいことだという気もする」
「長くなる覚悟だけは、やはりしておいた方がよいのですね」
「なにを考えている、荀彧？」
「冀州の民の、今年の税を、免除できないものかと思いまして。そう布告を出して

も、豪族たちは領地から税を取ろうとするでしょう。各郡に文官と軍勢を駐留させ、豪族たちの取締りをいたします」

「うむ」

曹操は、腕を組んだ。

「今年のみ、という条件です」

「荒療治だな」

鎮撫を、まともに考えたら、まず豪族たちの協力である。それがあれば、多分叛乱はない。その豪族たちに税を取るなというのだから、やることは逆だった。

ただ、民はそれで疲弊から立ち直る。結局はその方が賢明だ、と判断できる豪族がどれほどいるのか。こちらの命に従わず、豪族同士で連合しようという動きも出てくるか。

微妙な選択だった。豪族が動けば、叩き潰せばいい。そうすることで、袁紹以来の豪族は少なくなってくる。冀州の統治は楽になるのだ。ただ、豪族の叛乱に勢いがつけば、冀州平定は予定よりずっと時がかかり、兵力も使わなければならないことになる。

「自信があるのか、荀彧？」

「戦と同じで、やってみなければわかりません。袁家の息子を冀州から追い出した時に布告を出せば、散発的な反抗で終るという気もいたします。つまり、叛乱の中心がなくなるのですから」
「考えさせてくれ」
「私が調べたかぎりでは、冀州の豪族たちの間だけには、袁紹が営々として築いた地盤があります。青州、幽州は、曹家の力が袁家に代るだけで済むという感じがあります。幷州は、統治する者が代るというぐらいでしょう」
 幷州は、袁紹の甥の高幹が守っているが、州内に黒山があり、張燕を主魁とする黒山賊がかなりの力を持っていた。
 河北四州を見渡すと、やはり冀州をどれだけ制するかで、ほかの州のありようも決まるのだ。
 荒療治も必要か、と曹操は思った。しかし、荀彧にはなにも言わなかった。まだ、鄴ぎょうすら落としてはいないのである。濠が完成し、水路もできあがった。
「鄴の危機ということになります。平原で袁譚えんたんを囲んでいる袁尚が、救援に戻ってくるのは必定です。それを、どこで迎え撃たれますか?」

軍議で、部将のひとりが言った。
「ここで、迎え撃とう」
「しかしそれでは、城内の守兵と呼応します。かえって敵に勢いをつけてしまうのではないでしょうか」
「それでよい」
「わざわざ、勢いをつけさせる、と言われるのですか？」
「攻囲の軍を二つに割り、遠方で迎え撃つより、ひとつにまとまっていたい」
平原から、袁尚が戻ってくる。息をひそめていた豪族で、曹操に反感を持っている者のかなりの部分が、その時に出てくる可能性がある。そのためには、袁尚を鄴のそばまで進軍させることだ。
できるだけ、冀州内の反曹操勢力は、いぶり出してしまいたかった。そうしておけば、以後の冀州の鎮撫は楽なものになる。
「とにかく、漳水を決潰させて、早く城内に水を入れようではありませんか。まさか、城に水が入るなどと、城内の兵は思っていないでありましょうからな。それで、降伏する者も出るかもしれない」
言ったのは、許攸だった。

部将たちは、不快そうな表情をしている。特に、張郃と高覧は、いまにも剣の柄に手をかけそうだった。それにも、許攸は気づかず、上機嫌で喋り続けた。
「合図を出せばいいようになっている。みんなで、見物しようではないか」
言って、曹操は腰をあげ、営舎を出た。
丘の頂に、胡床（折り畳みの椅子）が並べられている。曹操を中心にして、幕僚たちが腰を降ろした。
攻囲の兵は、少し高いところに退がっていた。合図を出せ、と曹操は従者に命じた。
旗の合図が、丘を越えて、漳水の方へ伝えられていく。しばらくして、漳水の方から返事が返ってきた。
「漳水は決潰させました。さて、思う通りに城に水が入ってくれるかどうかだ」
許攸が立ちあがっている。さすがに、心配になっているのだろう。丘の間の低地に掘られた水路に、まだ水は見えていない。
兵もしんとして、みんな丘の一点を見つめていた。水だ、と誰かが叫んだ。水路に、確かに光を照り返す水が見えた。想像したように、すごい勢いで流れてくるというのではなかった。ただ、水路はすぐに水に満ち、少しずつ濠に流れこみはじ

めた。
　漳水の決潰地点からは、それほどの水量を出してはいない。すべてが水浸しになると、曹操軍も困るのである。いつでも止められるし、溢れる水量を減らすこともできるようにしてある。
　かなりの時が経って、濠に水が満ちた。水はさらに増え、濠から溢れ、城の方に流れていっている。はじめて、城内の動きが慌しくなる気配が伝わってきた。
　城壁のところどころが、水で隠れはじめている。城の周囲は、湖のようになった。さらに水は増えている。それが、こちらの陣営にまで近づいてきた時に、曹操は漳水の決潰地点を閉じさせた。
「見よ、城の半分は水没した。いや半分以上だ。水から出ているところは、わずかしかないはずだ」
　許攸が、興奮して叫んでいる。
　城壁の上の兵も、動きが慌しかった。

袁尚が、平原で袁譚を囲んでいた兵を撤収させてふた月も経ったころだった。

多分、守将の審配としては、袁尚が袁譚をまず討つことを考えていたのだろう。ただ、袁家の息子同士の争いで、冀州の豪族はどちらにつこうともしなかった。平原の城を落とすには、袁尚は明らかに兵力が不足していたのだ。

審配としては、耐えられるだけ耐えて、ようやく袁尚に救援の依頼をしたというところだろう。鄴に帰還し、曹操軍と闘おうという袁尚には、さすがに冀州の豪族も従う者が出はじめて、鄴に近づくころには、袁尚軍は七万近くにふくれあがっていた。

袁尚軍は、鄴から二十里（約八キロ）の地点に展開し、攻囲軍の背後を衝く構えを見せていた。同時に、盛んに狼煙をあげ、救援が到着したことを城内に知らせている。

曹操は、迷うことなく、夏侯惇を筆頭として夏侯淵、曹洪らの精鋭を選び出し、自ら許褚の軍を率いて中軍となった。攻囲は、張遼と張郃、それに于禁らがしっかりと固めた。城中から、何度か軍勢が出てきたが、すべて攻囲の軍と濠に満ちた水に遮られている。

袁尚は、草原に方陣を三つ組んでいた。中央の方陣の両翼に騎馬隊がいて、陣形を組んだまま前進できる構えである。
「袁紹の陣が、ああであったな。しかし、親父には遠く及ばぬな。真似をしているだけだ」
　張郃の陣からひとりだけ来させた曹丕に、曹操は言った。曹丕は、曹操とともに許褚の親衛隊に守られている、という恰好である。
「これと、どうぶつかる、丕？」
「わが軍は六万ですが、精鋭です。まず、騎馬を出して、中央に突っこませます。敵も、騎馬隊が出てくるでしょう。歩兵も押して、とにかく中央を崩します。袁尚の旗は、中央に見えますので」
「それは、次善の策だな。中央は、袁尚の精鋭だ。たとえ勝てたとしても、犠牲が大きくなる。わかるか。袁尚の軍は、城へ帰りたくて必死なのだ。そういう軍は、できるだけ裸にして叩くのだ」
「それでは、両翼から？」
「両翼は、途中から加わってきた、豪族たちの兵だろう。あれを、まず蹴散らす。左右同時に攻めかかる」

「崩せると思いますが、中央の袁尚軍は逃げるのではありますまいか?」
「逃げるだろう。すぐに討つ必要はない。多勢を擁して、いまは士気も高いはずだ。少しずつ衣を剝ぎ取り、丸裸にしてからもう一度むかい合えばいい」
「わかりました」
「よし、太鼓を打て」
　太鼓。右から夏侯淵を先頭にした部隊が、整然と進みはじめる。左からは曹洪である。中央の軍を、于禁が牽制しはじめた。
「夏侯惇。両翼を崩したら、すぐに退かせろ。全軍で、中央にぶつかる構えを取れ」
　両翼が、ぶつかりはじめた。
　袁尚は、軍議も調練もせずに、ただ駈け通してきたのだろう。動きに乱れがあった。主力になって闘うはずの袁尚軍が動かず、自分たちが攻撃されるという戸惑いもあるはずだ。だから、両翼にまで袁尚軍の指揮は徹底していないようで、動きに乱れがあった。主力になって闘うはずの袁尚軍が動かず、自分たちが攻撃されるという戸惑いもあるはずだ。方陣が乱れた。両翼とも、畳みかけるように押している。中央の軍は、于禁がかなり前進してきているので、動けないでいた。

夏侯惇が、五十騎ほどで于禁のすぐ後ろについた。両翼は、押し続けている。揉みあげてくる敵に対して小さく固まらないのは、指揮がしっかりしていないということだった。左が先に崩れた。すぐに、右も崩れる。
「鉦」
　曹操は短く言った。鉦と同時に、夏侯淵と曹洪が素速く軍を戻してくる。于禁の軍が二つに割れ、夏侯惇を先頭とする騎馬隊が突っこんでいった。敵の中央とぶつかる。揉み合ったのは、束の間だった。袁尚の旗が、まず後退した。それで、またたく間に全軍が崩れた。
　しばらく草原を追い回し、夏侯惇は兵をまとめて戻ってきた。草原には、敵の屍体がいくつか散らばっているのが見えるだけだ。ぶつかり合いはしたが、それほど激しくは闘わなかったということだ。
　曹操は、全軍を鄴の攻囲に回した。曹丕も、張郃のもとに戻す。
　営舎にいると、従者が飛びこんできた。
　許褚が、許攸を斬り捨てたのだという。なぜ袁尚を斬ってこなかったのか、虎痴。
　許攸はそう言い、次の瞬間には首を飛ばされていたらしい。自分は幕舎でのんびりしていたくせに、あんなことを言うとは。
「許攸の暴言です。

許褚を虎痴と呼んだのは、ここにいる者はみんな聞いていました」
　夏侯淵が言った。
「屍体を始末しておけ」
　曹操は、それだけ言い、営舎に戻った。面倒なことが、ひとつずつ片づいていく。今日の戦では、どういう豪族が袁尚に味方したかも、よくわかった。つまり、鄴を落としたあとなら、その豪族たちになにも言わせないことができる。荀彧の税の免除という鎮撫が、いくらかやりやすくなったと言っていい。
　翌日、袁尚の軍が漳水のほとりに砦を築きはじめた、という報告が入った。まだ二万ほどはいるようだ。その砦に拠り、攻囲軍に奇襲でもかけようと考えているのだろう。
「あっちも、押し包んでやれ、夏侯惇。できれば、袁尚の首を取れ」
　夏侯惇が動かしたのは、三万ほどだった。すぐに、伝令が来た。袁尚が、降伏を申し入れてきたというのだ。
「意地というものがないのか。袁紹の息子なら、降伏すれば許されるとでも思っているのか」
　曹操は、断じて許すな、と伝令に言った。

しかし、許す許さないより前に、部将のひとりが寝返り、袁尚は北へ逃亡したという。築きかけの砦に残されたものを持って、夏侯惇が戻ってきた。

「これを、城壁から見える場所に出しておきます。袁紹殿の、大将軍の証の衣服などもありますので、城中の兵にはこたえましょう。もう、決して援軍はこないのですから」

鄴城（ぎょうじょう）だけが、頑強だった。無理な力攻めは、犠牲を多くする。降伏すれば受け入れる、と前線の兵に叫ばせても、返ってくるのは矢だけだった。

曹操は、次第に苛立ち（いらだち）はじめた。審配という男は、死んでも城を守り続けようというのか。すでに、守る意味さえ失われている城なのだ。

絶望の中でも、審配になお闘いを続けさせているのは、袁家に対する忠誠なのか。

忠誠が、これほど人を強くすることがあるのか。城を攻めるのではなく、審配の心を攻める攻め方を、誤ったのかもしれない。

「ようやく、私の工作が生きてきたようです。審配の甥（おい）の審栄（しんえい）から、連絡が入りました」

荀彧（じゅんいく）がやってきて言った。

審配は、まだ屈していない。屈しないまま、死んでいこうというのか。

「城門を、開けるそうです」

「張遼、張郃の隊から、突っこませる。それで結着がつくだろう」

「わかりました。早速ですが、明日ということでよろしいでしょうか。審配に知れると、また面倒になります」

審配の忠誠とはなんなのか、荀彧に訊いてみたい気がした。しかし曹操は、黙って頷いただけだった。人の心の中にあるもの。それを、外からわかろうとする方が無理なのだ。

自分にとっては、人は服従する者と敵対する者の、二種類しかいない。そう思い定めて生きてきたのだ。いまさら、人の心の中を覗いて、どうなるというのだ。

その夜、曹操は頭痛のかすかな予兆に怯えた。いくらか頭が重いというだけで、なんとか朝を迎えた。

寝室の外で、すでに荀彧が待っていた。

「はじめます」

「よし、やれ」

曹操は、従者を呼んで具足を付けた。ようやく鄴を落とせるという思いより、頭

痛が起きるかもしれない、という怯えの方が強かった。具足を付けている時、頭痛に襲われたことはないのだ。

営舎の外では許褚が控え、馬も用意してあった。

正面の門が開いたようだ。

張遼と張郃の軍が、突っこんでいくのが見えた。これで終りだ、と曹操は思った。馬に乗る。本陣を、城のそばまで移動させた。開いた門は制圧したようだが、戦の気配はやんでいない。

「なにをしている」

不機嫌に言い、曹操は馬を進めた。横には、ぴったりと許褚がついている。意外な激戦が展開されていた。三千ほどの軍が、頑強に抵抗を続けているのだ。張遼と張郃の軍が、押しきれないでいる。

「あの鬼が、審配か?」

三千の指揮をしているのは、痩せた貧相な男だった。ただ、鬼の眼をしている。一歩たりと退がらないとでもいうように、剣を両手に持って、こちらを睨み据えていた。

三千が二千に減っても、抵抗はやまなかった。審配は、退がるどころか前に出て

きていた。すでに全身傷だらけだが、動きが衰えているようには見えない。二人ばかりが、斬り倒された。
「許褚」
言うと、許褚は大薙刀を脇で構え、馬を進めた。
「殺すな、許褚」
許褚が、馬の腹を蹴る。叫び声をあげる。敵兵の動きが、一瞬停止したように見えた。駈ける。敵の中を、許褚が駈け抜ける。その時、先頭にいた審配の手からは、二本とも剣が叩き落とされていた。
時が、静止した。それから、五、六人の兵が審配につかみかかった。二千の兵は、もう誰も闘おうとしていない。
縛りあげられた審配が、曹操の前に引き出されてきた。曹操を見つめてくる眼には、まだ不屈な光が湛えられていた。曹操も、審配を見据えた。なぜ、という言葉を呑みこみ、睨み合った。
「ひとつだけ訊く、審配。私に仕えようという気はないか?」
「ありませんな。私の主君は、亡き袁紹様です」
「首を刎ねよ」

審配の表情は、まったく動かなかった。引き立てられていく時も、審配は胸を張っていた。

「低い方へ水路をのばし、城内の水を出してしまえ」

曹操が言うと、夏侯惇が指示を出した。于禁の軍が動いたようだ。

「城内を鎮撫せよ。袁紹の館であったところを、本営とする。袁家にゆかりの者は、とりあえず捕えよ」

袁紹の館に入った曹操を追うように、曹丕が入ってきた。

「父上、私は張郃の軍とともに、鄴に一番乗りを果しました。袁紹の次男、袁熙の妻は、私が頂戴することにいたします」

「好きにするがいい」

「ありがとうございます。河北一の美女と謳われた女です。噂にたがわず」

「そうか、甄氏のことか。連れてこい」

甄氏のことは、曹操も耳にしていた。

連れてこられた女は、汚れた着物を着ていたが、はっとするような美形だった。肌も白そうだ。惜しいことをした、という強い思いが襲ってきた。一度、曹丕にやると言ったのだ。いまさら、自分に寄越せとも言えなかった。

「もういい」
　曹操は、手を振って追い払った。それから、苦笑する。自分もまだ若い。息子から女を取りあげようと、一瞬思ったのだ。
　もう五十に手が届く。しかしまだ、枯れてなどはいない。そう思うと、愉快にもなってきた。
「五百単位の兵を十隊、警備のために巡回させます。城内に残っているかもしれぬ敵に備えて、夏侯淵（かこうえん）の軍が待機しています」
　夏侯惇が報告に来た。
　頭痛のことを、曹操は忘れていた。
　翌日から、曹操の眼の前には、厖大（ぼうだい）な量の仕事が積みあげられた。鄴を整えること。戦で荒れた田畠に、農民を呼び戻すこと。税の免除の布告を出すこと。それに不満な豪族の叛乱（はんらん）に備えること。
　ひと月ほど、曹操はそんなことに忙殺されていた。荀彧（じゅんいく）は、すでに戸籍の整理に着手している。夏侯惇は、敵兵の処分を終え、曹操軍に組み入れることができる者はそうし、新しい鄴の守備軍を編成しつつあった。ただ、平原（へいげん）にいる袁譚（えんたん）が、冀州（き）に
　少なくとも、鄴の近辺に戦の匂いはなかった。

領地を拡げていた。青州との境あたりを、貪欲に侵食しはじめたのだ。それだけではなく、中山に逃げた袁尚の兵を併せて、かなりの軍勢を擁するようになっていた。もともとの領地であった青州から冀州の数郡まで、曹操の眼を盗むようにして、かなり肥えふとった感じになっている。それも、弟のものを奪ってだ。

曹操は、書簡を送って、袁譚をなじった。降伏の条件にそむき続けているからである。次には、すべての関係を断ち、討伐すると通告した。

「情けない男だ」

討伐すると言われても、平原を死守するという構えを見せたら、曹操も少しは認めただろう。

袁譚は平原を放棄し、北の勃海郡の南皮に拠って、ひたすら防備を固めた。

曹操は、三万の軍を率いて袁譚討伐に出た。従う部将は、張遼、張郃、曹洪である。曹丕も、伴った。

まず平原に入り、袁譚に従った豪族の討伐をした。それから、南皮にむかう準備をした。

袁譚軍、五万である。曹操が三万と知ったからか、袁譚は南皮から出て陣を組み、

迎撃の態勢を作っていた。
「愚か者が。戦は数だけではないということを、親父の敗戦から学びもしなかったのか」
年が明けると、曹操は南皮にむかった。
ここで自分を討てば、袁譚は河北を支配できると考えているのかもしれない、と曹操は思った。しかも、わずか三万の軍勢できたのだ。鄴を落とし、ほっとして気が抜けている、と袁譚が考えても、不思議はなかった。表面だけにしか、眼をむけることができない男だ。
「袁譚は五万だ。幽州へ逃げた袁尚の兵を併せている。どうする、丕？」
「五万でも、まとまりはありますまい。三万で正面からぶつかっても、充分に勝てると思います」
「教えておこう。戦の流儀が、ひとつであってはならん。これは、やり方という意味だがな。その大将が持っている、戦の形と言ってもいい」
「戦法は、変幻の中にある、ということですか？」
小賢しい言い方だったが、まさしくそうだった。いままでそれができたのは、劉備だけではなかったか。逆に、呂布は形を持っている戦法だった。そしてそれが、

極端なほど強かった。
「戦法も変幻だが、指揮をする大将の心もまた変幻。気を変えるという意味ではないぞ。どんな敵であろうと、どう状況が変ろうと、自分の戦を見失っていない。たとえ敗走する時でもだ。それは、変幻の中にあってこそできることだ」
曹丕が、頷いている。ほんとうには、わかるはずがない。曹操自身も、言葉にしてしまうと、いくらか違うような気がしてくる。ただ、曹丕に伝えたいと思うなにかが、心の中でわだかまっているのである。
老いたということか。そう思って、曹操は苦笑した。息子に、こんなことを言っても、意味はないのかもしれないのだ。自分は自分の戦をし、曹丕は曹丕の戦をする。それだけのことではないか。
袁譚軍を目前にすると、曹操は陣を三段に構えた。先鋒は張郃である。かつて袁家の部将であったということを、このあたりで完全にふっ切らせてしまいたい。第二段の先頭にいる張遼は、かつては呂布の部将だった。呂布の、あの騎馬隊の伝統こそ受け継いでいるものの、心は曹操の部将になりきっている。
「張郃を呼べ」
伝令が駈けた。すぐに張郃が、凍った土を蹴立ててそばへ来た。

「丕を連れていけ。先鋒一万で、正午まで闘ってみろ。総指揮は丕。張郃、おまえはそれを助けるために、そばにいるのだ。いいか、正午だ。それまで持ちこたえれば、全軍で袁譚を押し包む」
「曹丕様も、実戦にお出になるのですか？」
「先鋒の指揮を執る。当然ではないか。おまえと丕は、鄴の一番乗りも果している。しかし、あれは城内の内応もあった。ここで、五万を相手に、正午まで互角に闘えたら、私はおまえたちの力を認めよう。太鼓であまり時はやれぬ。どう闘うか、丕と話し合え」
「わかりました。決して、若殿は死なせません。見事に、正午まで闘って御覧に入れます。では」
 張郃が頭を下げ、駈け去っていく。曹丕も、それに続いた。第二段の張遼と曹洪を、小さく固まらせた。第三段の許褚を連れ、曹操は背後のやや高いところに陣取った。
「太鼓だ」
 曹操は言った。
 曹丕、張郃の一万が、ゆっくりと前進しはじめる。騎馬二千、歩兵八千である。

騎馬隊は、二つに分けていた。それぞれを、曹丕と張郃が率いている。張郃は曹丕のそばにいることを主張しただろうから、これは曹丕と張郃の作戦だろう。数で圧倒しようというやり方は、袁譚の先鋒も前へ出てきた。二万ほどである。親父とあまり変りはない。

曹丕が、まず突っこんだ。正面から、敵の騎馬隊にぶつかる、というやり方である。二千騎以上いた。ぶつかった曹丕の勢いはすぐに止まり、押されはじめる。一度押されると、数の力が二倍にも三倍にも感じられるはずだ。ほとんどなすすべもなく、曹丕は押されはじめた。そこへ、素速く横に回りこんだ張郃が、猛然と突っこんだ。一千騎が一丸で、火の玉にでもなったような感じだった。

袁譚の騎馬隊が乱れる。曹丕は、そこで押し返しはしなかった。身をかわすように反対側に抜け、歩兵が出て騎馬の前進を止めた。敵の騎馬隊と、歩兵と騎馬を挟み撃つように、曹丕が突っこむ。それで、先鋒の敵は崩れていった。歩兵と騎馬が混乱している。そこを一万で衝くのが定石だが、敵には後続がいて、曹丕と張郃は一万で闘わなければならない。

どうするのかと見ていたが、曹丕と張郃の騎馬隊は二つに分かれたまま、敵の第二段に突っかかっていった。乱れていた敵の先鋒がようやく態勢を立て直し、騎馬

を挟撃するように駈け戻っていく。それに、歩兵が追い撃ちをかけた。曹丕と張郃の騎馬隊は、挟撃される前に、きれいに二つに分かれて、歩兵の横に回った。
「味をやるではないか」
　曹操は呟いた。後続の二万がそのまま畳みかけて攻撃していれば、それであっさり勝負はついた戦だった。
　先鋒を引き戻した敵が、また少しずつ押してきた。今度は、第二段も一緒だった。曹丕が、歩兵を退かせていた。張郃が、盛んに側面から攻撃をかけている。うるさいと見たのか、敵はまた退がり、小さくまとまった。
　曹丕と張郃は、一万で闘ってはいるが、ほんとうは一万ではなかった。背後に、さらに二万がいる。敵は、その二万がいつ動くのかと、たえず気を配っているだろう。
　張郃には、おそらくそのことがわかっているはずだ。十九歳の曹丕は、一万と思いこんで、悲壮になっているだけだろう。
　見かねたのか、張郃の騎馬隊が曹丕の方へ駈けた。正午近くになる。何度か、小さなぶつかり合いをくり返した。二千が一緒になっている。
　騎馬隊が、いきなり正面から突っかけた。それも横に拡がらず、槍の穂先のよう

なかたちになってだ。敵の先鋒が、二つに割れる。そこに、歩兵が突っこんでいく。
第二段まで突き破りそうになった時、曹操は太鼓を打たせた。
張遼の騎馬隊と、曹洪の重装備の歩兵である。あっという間に、敵を蹴散らしていく。曹丕と張郃の軍にも、さらに勢いがつく。張遼の騎馬隊の動きが素速いので、敵は横に拡がって数を生かすということもできない。横に突出した敵は、張遼の騎馬隊に蹴散らされるのだ。袁譚としては、退がるしかないはずだった。そして、退がりはじめた時に、全軍は潰走する。
曹操は、そばにいた許褚に、眼で合図を送った。
一千騎ほどを率いて、許褚が駈け出していく。
袁譚は、必死に踏ん張っていたが、やがて退がり、潰走しはじめた。張遼の軽騎兵が、急迫していく。その後ろに、曹丕と張郃が続く。
曹操は、重装備の曹洪の歩兵とともに、ゆっくりと進んだ。大楯に長柄の槍、さらに馬止めのための柵なども運んでいる。速い移動は無理だが、騎馬とぶつかっても、犠牲は少ない。
南皮の城は、すでに落ちていた。
開かれた城門を最初に駈け抜けたのは、逃げてきた袁譚ではなく、許褚だった。

城に駆けこむと同時に、袁譚は捕えられたのである。
「袁譚が、釈明をしたいと申しておりますが」
「連れてこい。縄はかけておけ。妻子もだ、曹洪」
部将たちを呼び、曹操はそばに曹丕を座らせた。すぐに、袁譚とその家族が引き立てられてきた。
「話を聞いていただきたい、曹操殿」
「袁譚殿の話は、一度聞いた。そして、話になんの意味もないことが、今度のことでよくわかった」
「私は」
「見苦しい。家族の前であろう」
 さらになにか言おうとした袁譚の口に、兵のひとりが枚（ばい）（木片）をくわえさせた。
「さて、どういう処分にするか、丕と張郃の意見を聞こう」
「すぐに、首を刎（は）ねていただきたい。袁家の嫡男（ちゃくなん）に、これ以上見苦しい姿をさせぬためにも、私からお願いいたします」
 張郃が言った。袁譚が首を振る。
「斬刑（ざんけい）に。最初から最後まで、背信を続けてきた男です」

曹丕が言った。
「聞いたな、袁譚殿。ところで、丕。妻や子らはどうする」
「斬るべきでしょう」
ほとんど考えもせずに、曹丕は言った。
正しい判断だが、迷いもしないところが十九歳らしくない、と曹操は思った。どこか、曹丕にはそういうところがある。
「聞いた通りだ。連れていけ。首は城内に晒せ」
これで、冀州と青州は、一応手に入った。幷州の高幹も、降伏を申し出ている。鎮撫のための戦は、粘り強く続けていけばいい。
あとは幽州にいる袁尚と袁熙である。
河北四州で、袁紹はさすがに袁家の力を隅々まで浸透させていた。袁紹の息子たちが生きているということは、禍根を残すことになりかねない。
しかし、思ったほどの時はかからなかった、と曹操は心の中で呟いた。これも、袁家の兄弟、特に袁尚と袁譚に、状況を見通すだけの力がなかったからだろう。兄弟が力を合わせていれば、冀州の制圧だけでも、二年か三年は要したかもしれない。

「南皮には、張郃に二万の兵をつけて残す」

「私が、ですか?」

張郃は、怪訝な表情をしていた。官渡の戦での降将である。かつての袁紹の本拠地の、東の要を任されるとは思っていなかったのだろう。

「青州は、領主が死んだとはいえ、まだなにがあるかわからぬ。幽州はこれからだ。その間に位置する南皮を軽い城だとは思うな」

「はい」

張郃の顔がひきしまった。本拠を、許都から鄴へ移そう、と曹操は考えていた。鄴を、奪った。

6

こちらか、と張衛は呟き、馬を進めた。

幷州上党郡の山中である。黒山といっても、幷州全域が山と考えてよかった。中原の西にある連山のひとつである。九原や晋陽は、山間の平地の城郭である。平野に山がひとつあるわけではない。

黒山の周辺は、黒山賊と呼ばれる張燕の領分だった。

張燕は、黄巾の乱と呼ばれた太平道の蜂起の時に、呼応して立ち、漢王室に叛旗を翻した。やがて黄巾賊は武力で平定されることになるが、張燕は黒山に拠って生き延びた。生き延びたどころか、盗賊として蟠踞し、漢王朝は討伐を諦めて、臣下であるという名目を作るために、官位まで与えていたほどだった。やがて冀州を袁紹が支配するようになり、幷州も袁紹の領分となったが、幽州で頑強に袁紹と対立する公孫瓚を討ち、河北四州を制するようになってから、締めつけは厳しくなったものの、黒山の張燕の勢力は衰えていない。

それから官渡で袁紹と曹操が闘い、大方の予想を覆えして曹操が勝った。それでも河北四州は袁紹の支配下のままだったが、官渡の戦の二年後に袁紹が死ぬと、たんに袁紹の息子たちの間で争いが起こった。そこへ曹操がつけこみ、冀州を中心とする河北四州のほとんどは、曹操の支配下に入った。幷州を領していたのは袁紹の甥の高幹だったが、鄴城が落ち、袁尚が北へ逃げ去ると、曹操に降伏して許されているという恰好だった。

無論、高幹に張燕を討つ力はない。黄巾の乱より十五年以上にわたって、張燕は

山中を支配し、その力は数郡に及んでいるのである。
「張衛様、ここよりは岩が」
後ろから来る、高豹が言った。
岩の多い地形に入り、うかつに通ると岩が落ちてくる仕掛けが方々に施してある。
しかし、通れる道はあるのだ。張衛には、それがよく見えた。
岩だけでなく、木々の多いところ、水のあるところ、谷間などの、草や土の色の違いで、張衛は罠を見抜くことができた。凍った土に仕掛けられた罠も、張衛にはよく見えた。いまは冬で、地は凍っている。
同じ、山で生きる人間なのだ。
「しかし、つまらぬ仕掛けが多いな、相変らず。この程度でも、平地の軍勢は攻められないのだろうな」
山での生き方については、黒山賊より五斗米道の方が優れた方法を持っている、と張衛は思っていた。同じ山に拠っているといっても、黒山賊はそこが逃げこむ場所であり、五斗米道は自分たちの拠って立つ地として守らなければならない場所だったのだ。

張衛の旅は、これで二度目になる。いずれも、冬の旅だった。冬は、漢中を雪が守ってくれる。

旅は、張衛を大きく変えた。

漢中を守り、益州にだけ眼をむける。そんなことでは生き残れないと、北の争いを見て痛いほどわかった。というより、生き残るという発想が、張衛の心にはじめて芽生えたと言っていい。中原や河漢中で、攻めてくる劉璋軍をたやすく打ち払っていた時は、すぐにも天下が取れそうな気がしたものだった。益州牧（長官）の劉璋でこの程度なら、荊州の劉表も、曹操も、袁紹も、似たようなものなのだろうと思っていた。事実、漢中に連らなる荊州北部の山岳地帯に手をのばしてみても、劉表は数だけ揃えた懦弱な軍勢を送ってきただけだった。

ところが、あの男が来た。

荊州新野に駐屯している劉備軍の、張飛という将軍である。山中の罠を、ことごとく見抜かれた。平地で正対し、数倍の軍勢でぶつかってみたが、その時もたやすく破られた。

なぜだと思うより、この国は人が多いと身にしみたのだ。張飛といえば、弱小で

荊州の一部を借りている劉備の、そのまた部将に過ぎないのだ。それでも張衛は、劉備軍がこの国の最も精強な軍勢のひとつである、と確信した。同じ六千の軍勢で、劉備軍に勝てる部将が、曹操のところに何人いるのか。孫権のもとに果しているのか。

張衛は、戦に加わってみた。平原にいた袁譚の軍が混乱していて、紛れこむのが難しくなかった。中山まで駈け、弟の袁尚の軍を打ち払った。それで、曹操の率いる討伐軍が来た。兵力では袁譚が上回っていたが、気力は曹操の半分もなかった。南皮まで後退して、そこではじめて迎撃の肚を決めたのである。

曹操の軍は、なぜか先鋒の一万しか使わなかった。それで朝から正午過ぎまで押し合い、頃合を見て全軍で攻撃をかけてきた。一万にてこずっていた六万の袁譚軍は、あっという間に潰走した。その時に、張衛は高豹とともに、戦列を離れた。

曹操軍の先鋒の指揮は、張郃という者だった。もともと、袁紹の部将だったが、官渡で曹操の先鋒に降伏している。その張郃と、曹操の息子の曹丕が一緒だったという。

先鋒だけに闘わせた戦は、袁紹の息子に対して張郃がどれほど闘えるか見きわめようとしたものなのか。それとも、自分の息子がどれほど実戦がこなせるか試したのか。

いずれにしろ、曹操は余裕のある戦をしていた、ということだ。曹操軍の中で、これはという動きをしたのが、張遼の騎馬隊だった。実に迅速な動きだった。張飛の騎馬隊とも、互角に渡り合えるかもしれない、と思った。袁譚軍の中にいたが、この軍勢なら自分でも二万で崩せる、と張衛は思いながら闘っていた。つまり、その程度の軍も多いということだった。

「張衛様、そこの雪を」

また、高豹が後ろから言った。言われる前から、張衛には見えるが、そこは雪を集めてある。うかつに踏みこむと、下の谷に落ちる。道筋は、大きく迂回してついているはずだった。

山中に、道はいくつかあった。そのどれが通れてどれが通れないか、張衛には見ただけでわかった。

「これぐらいの仕掛けでも、袁紹の軍は防げたのだな、高豹」

「原野で闘う軍だったからでしょう。それに、袁紹が本気で張燕様を討とうとした、とは私には思えません」

高豹の言う通りだろう。袁紹は、官渡で勝つつもりだった。そうやって、徐々に孤立させながら、中原を制して河北四州に加えれば、張燕は孤立せざるを得ない。

力を衰えさせていく。袁紹は、張燕に対してはそういう方法をとった。なにがなんでも、力で山を制圧しようとはしなかったのだ。力に頼れば、危険も大きい。山は、山だけでは成り立たないというところがある。平地との関係で、豊かになったり貧しくなったりしているのだ。

それは、張燕も考え続けていることだった。山は、山だけでは限界がある。

「そろそろでございますね。この間とは、場所を変えておられるようです」

「たえず場所を変える。それも、山で生きる者の知恵だな」

前回の旅で、いきなり張燕を訪ねた。山中を縫って平然とやってきた張衛に、張燕はなにか同じようなものを感じたのだろう。取り囲んだ兵を退がらせ、営舎に招かれた。

二十日ほど、張衛は黒山賊の本拠で過した。五斗米道の張衛だと知って、張燕は非常な親しみを示したのだ。

張衛が想像したより、ずっと小柄で、そして老いていた。飛燕将軍と呼ばれた精悍さは、そばで話しているかぎり感じられなかった。ただ、張衛を引きこむような、深いなにかがあった。悲しみに似たものだった、と漢中に戻ってから張衛は思った。飛燕将軍とはあまりに似つかわしくないが、張燕のもの言いの底には、い

つもそんな感情が流れていた、と思えたのだ。
張燕の本営に近づいていた。
道が複雑になっていることで、それがわかった。少なくとも、黒山の中だけで五カ所は、張燕は本営となる場所を持っていた。勢力下にいる人民が百万。軍勢は十万に近い。
「張燕様は、曹操を警戒しておられますね」
「おまえも、そう思うか」
「この間より、ずっと突きとめにくい本営です。そろそろ、見張りの兵が現われるでしょうが」
「もう、現われている」
「さっきの気配が、そうだったのですか」
けものの動く気配。兎かなにかのようでもあったが、一カ所あった。もうすぐだろう。
馬を降りなければ通れない場所が、人だと張衛は思っていた。自分と同じ夢を抱いた男。多張燕には、どうしても会わなければならなかった。自分と同じ夢を抱いた男。多分、間違いはない。そしてその夢がいま、朽ちかかっている。
前方に数人現われた。

来ているのが張衛だというのは、すでにわかっているのだろう。そばへ行くと黙って先導するように歩きはじめた。坂を、ひとつ越えた。雪に包まれた、営舎があった。それほど大きくはない。無論、城壁などもない。山全体が城壁であることは、漢中と変りない。
　ここには、二千ほどの兵がいるのだろう、と張衛は思った。つまり、張燕の旗本だけということだ。
　営舎の中は、暖かかった。
　現われた張燕を見て、張衛は息を呑んだ。両脇を従者に支えられた張燕は、ひどく痩せていた。眼の光は、強いというより深い。その眼で、じっと張衛を見つめてくる。
「病ですか、飛燕将軍？」
「なんの。これは病というようなものではない。俺の躰になにかが入りこんで、暴れているというだけのことよ。そのうち、眠る。そうすれば、俺は馬にも乗れるし、戦もできる」
　火のそばの座を勧められた。
「また、夢を語りにきたか、若造」

「私の夢は、語り尽せません。益州を五斗米道の国にする。そう言ったところで、飛燕将軍は笑われるだけでしょう」

「笑いはしなかった。とにかく、酒を飲め。俺は、いま酒を断っている」

「遠慮なく」

しばらくして、従者が酒を運んできた。獣肉の入った鍋も、火にかけられた。

「どうも、おまえは来るなと言っても、来てしまう。山の道を、何事もなく歩けるのだからな。困ったものだ」

「もっと、困っていただきたいのです、飛燕将軍」

漢中の五斗米道と、幷州の黒山賊の同盟。張衛は、この前の別れ際に、それを申し入れたのだった。返事を貰いに来た。張衛は、当然そう思っているだろう。

すぐに、返事を貰わなくてもよかった。張衛はただ、十数年独立勢力として闘い続けた、この将軍に会いたくて、南皮からの帰路に寄ったのだ。

「南皮にいたそうだな、若造」

「ほう、すでに御存知でしたか」

「河北のことなら、翌日とまではいかなくても、二、三日で必ず俺の耳に入る。袁
譚も、やはり生き延びる道は知らなかったか」

「勝負には、なりませんでした。冀州は、ほぼ平定されたと見ていいでしょう」
「袁紹が官渡で負けた時から、それは決まっていたことだ」
 河北の支配者が袁紹から曹操に代ることで、黒山はさらに孤立を強いられる。だからこそ、漢中との同盟だった。曹操に攻められた時は、お互いに三万の兵を曹操の背後に回す。戦は山中になるから、山岳戦にたけた三万は、曹操にとっては脅威だ。
 お互いに助け合っている間に、張衛は益州を奪い、張燕は幷州を完全に自分のものにする。無理なことではなかった。
「袁紹も、なかなか手強かった」
 張燕がうつむいて言った。その眼は、ちろちろと燃えている火にむけられているようだ。特別な薪を使ってあるのか、いい香りが部屋には漂っていた。
「まさに、あの手この手であった。力攻めが無駄だと知ると、俺の部下を抱きこもうとした。糧道を断とうとしてきたこともあるし、二郡を与えてもいいと言ってきたこともある。ただ、俺は信用はしなかった」
 酒が、少しずつ冷えきった躰を暖めはじめていた。
「俺は、袁紹が好きになれなかった。黒山の賊などと言われても、半分以上は袁紹

と鬪ってきたようなものだ」
「倦まれましたか、戦に?」
「小面憎いことを言うのう、若造。俺は生きていて、袁紹は死んだのだぞ」
「殺したのは、曹操でしょう、やはり」
「いや、自滅だ。俺には袁紹を自滅させるほどの力はなかったが、曹操にはあった」
「それだけのことですか?」
「あとは、運だな」
「ほう、飛燕将軍が、運を信じられるのですか?」
「俺には、運があった。相手が袁紹だったのでな。おまえにも、運はある。相手は、劉璋の腰抜けだ」
「運ですか、それが?」
「運だということが、いずれおまえにもわかる。太平道には、運がなかった。この国にあれほどの争乱を起こしながら、天の秋に恵まれなかった。まだ漢王室がしっかりとしていたし、まとまった軍があったからだ。五斗米道は、いまのところ運がある。それは、太平道の不運があってのことだ」

「言われていることは、なんとなくわかる気がいたします」
「わかるものか、若造に。二十年近く闘い抜いて、はじめて見えてくるものよ」
「山の民として国を作ろうと思った、とこの間は言われました、将軍」
「それと運と、なんの関係がある？」
「夢を抱くことは、運がいいということです」
「なるほどな」
「天は、やはり将軍になにか与えたのです。そう思わなければ、二十年近く生き延びてきたことの説明がつきません」
「賊として生き延びてきた。山の民になろうとしても、やはりどこまでも賊であった」
「それも、運というのではないでしょうか。賊が、いつまでも生き延びられるわけがありません」
「俺の前で、あまり大きな口は利くな、若造。五斗米道も、賊だ。賊以外のなんでもない。黒山のこの張燕を賊と呼ぶなら、五斗米道も賊なのだ」
 張燕が、獣肉を煮こんだものを、自ら器に盛った。その手の甲に、烙印のように濃いしみがいくつか浮き出していた。この間は、それはなかった。

「曹操も袁紹も、帝を擁していた董卓にとっては賊だった。そんなつまらないことは言うなよ、若造」
「言いません」
「賊には、賊の誇りがあった。曹操や袁紹とは違う。野望と誇りとは、違うのだ」
張燕の手が、薪を折って火にくべた。
「おまえの夢は、野望だ。曹操と、どこが違うと言うのだ？」
「幷州に、山の民の国を作ろうと思った。それは、野望ではないのですか？」
「夢だ」
「五斗米道の国も、夢です」
「俺には、野望に思える。戦で追い立てられ、飢え、家族を失う。そういうことがない国ならば、俺はそれでよかった」
「私もですよ」
「俺は、この歳になって、人の言葉の虚実が聞き分けられるようになった。確かにおまえは、自分では夢だと思っている。この国の覇権を取るのが夢だ、と曹操が思っているのと同じようにな。自分で、夢だと思いこむ。それはたやすいことなのだ、若造」

「わかりません」
「夢は、人の心の悲しさから生まれてくる。野望は違う」
「私には、人の心の悲しみがわからぬ、と将軍は言われますか?」
「おまえは、わかるだろうさ。それがわかろうとわかるまいと、野望は別なところから生まれてくる。曹操も袁紹も、人の心の悲しみぐらいはわかったであろうよ」
張燕は、うつむいたまま喋っていた。そういう姿は、生きることに疲れた老人のようにしか見えない。しかしまた、馬上の姿よりもずっと、張衛の心には食いこんでくるのだった。
「家族は、若造?」
「妻と子という意味なら、おりません。私の住いには、女がいつも送られてきます。孕むと去っていって、子を産みます。それは、五斗米道の子として育てられます。ひとりが去ると、また別な女が住いにいて、私の世話をします。女を選ぶのは祭酒（信徒の頭）たちで、気立ての悪い女はいなかったような気がします」
「人としての、喜びは知らぬか」
「人の喜び。即ち男の喜びでしょう。男の喜びは、夢を摑むことでしょう」

「この間も、そう言ったな」

自分の夢の話ばかりを、していたような気がする。そして張燕は最後に、山の民の国を幷州に作るのが夢だった、と言ったのだ。

獣肉は、よく煮えていて、口に残らなかった。野草が何種類か加えてある。それで、匂いも消してしまう。張燕は、ほんのわずか口をつけているだけだった。

「曹操は、手強い。袁紹より、ずっと手強い。甘い男ではないのだ。袁紹は、本腰を入れて討伐にかかってきても、どこかでちょっと負けてやれば、満足して帰っていくようなところがあった」

「曹操は、帰りませんか?」

「敵である間は、殺し尽すであろう。俺は、あの男が考えていることがわかる。服従か死かだ。それは、袁紹などよりはるかに峻烈だ。小気味がいいほどにな」

張燕の表情が、さらに老人のもののようになった。

この男は、二十年近く、この山中で耐え続けてきたのだ。霊帝のころから、漢王朝の軍勢をしばしば送られた。それがやがて、袁紹の圧力に変った。そして いま、曹操の圧力に変りつつある。曹操だけが手強いわけではないのだ。

「曹操は、やがて涼州の独立勢力を制圧しなければなりますまい。馬騰、韓遂らは、

「このまま臣従するとは思えません」
「その時、黒山は曹操の討伐軍の背後を衝く位置になる。だから黒山を先に討伐する」
「当たり前のことだ」
「漢中も、その気になれば曹操の背後を衝けます。黒山と漢中は、命運をともにするとは思われませんか？」
「もっとよく、地図を見ろ、若造。黒山は、いつでも鄴を衝ける。それゆえ、曹操はその存在を許そうとするまい。漢中は、放っておけばよい。平地に出てきて戦を挑んだら叩き、山にいれば放っておく。いずれ益州を制しようという時は、まず漢中からであろうが」
「曹操が益州を制する動きを見せるのは、まだずっと先でありましょう。その前に、われらが益州を制します。そうなれば、たやすく曹操は入れません」
「若造だな、やはり。曹操は、いまなにを準備していると思う？」
「さぁ。まずは河北四州を徹底して平定しなければなりますまい。それには、時がかかります。さらに北方の烏丸なども、曹操の平定を遮るかもしれません。袁尚と袁熙は、烏丸に逃げたという噂ですし」
「確かに、これからも、河北や烏丸で征討戦はあるだろう。しかし曹操はいま、鄴

城内に、広大な池を作らせようとしている。わかるか、この意味が？」
「池を、ですか」
「荊州を攻め、揚州を奪る。そのために必要なのはなにか。水軍であろう。その水軍の調練のために、すでに池を掘らせている」
意外だった。というより、自分はそこまで考えていなかった、ということが考えるより、ずっと先のことまで、曹操は考え尽しているということなのだ。二年後か、五年後か、それとも十年後か。
「曹操の頭の中を探ったとしても、それは所詮おまえの頭でやることだ。探れるはずがあるまい」
言って、張燕は低い声で笑った。
営舎は、静かだった。二千の兵が、調練をしているという気配もない。この山中に、十万近い軍勢がいる。それが、この張燕のひと声で動く。それを二十年近く続けてきているのだ。
自分はまだ、劉璋の軍に攻められただけではないか、と張衛は思った。しかも劉璋軍は、中原や河北の兵と較べると、はるかに懦弱だった。漢中五斗米道軍、六万。全軍で劉璋を攻めるべきではないのか。一日も早く、益

州を五斗米道の国にしてしまうべきではないのか。しかし、勝てるのか。
「曹操には、もうひとつ困ったことがある」
「それはなんですか、将軍？」
「信用だ。袁紹には、それがなかった。降伏すると二郡を与えると言ってきても、信用はできなかった。散々、約束を反故にしてきた男だからな。しかし曹操は、降兵を受け入れる。公平に扱う。十三年前、曹操は青州黄巾軍の降兵を受け入れた。青州兵としてはじめは組織されたが、特に危険な場所に立たせるということもなかった。袁紹は違う。降兵を、死に兵などと言っていた。死なせるための兵よ」
「降伏すれば、安心な相手である、と言われるのですね。袁譚のような、偽りの降伏でなく、真の降伏であったら」
「そしてそれを、みんな知っている。曹操とは、底知れぬ男よ。何年もかけて、その信用を作りあげてきた。袁紹との対峙で苦しい時も、それだけは曲げなかった」
「黒山の賊十万というが、曹操には降伏すべきだ、という意見のひとつであるのかもしれない。そして張燕には、それが賢明な選択のひとつであることが、はっきりとわかっている。つまり、張燕の夢は、張燕がどうこだわろうと、この山中に埋もれていこうとしているのではないのか。

「夢を抱く男の生とは、つらいものですか、将軍？」
「さあな。死ぬ時にならなければ、それはわからん。でもわからんかもしれぬ。ただ、おまえはまだ若くて、夢はほんとうは孤独なものだとわかっておらぬ。いずれ、それは知るだろう」
それから、張燕は河北の様子などを訊いてきた。曹操が、南征のために、すでに池を掘って水軍の調練を計画していることまで、この老人は知っているのだ。
「いつ、帰る、若造」
「雪解けまでには、漢中に戻らなければなりません」
「ならば、ゆっくりしろ。俺は、愚かな若造の相手が、なぜか嫌いではない」
かつての自分を見ている。張燕はそんなことを言いたいのかもしれない。
そして自分は、十年先の自分自身の姿を、張燕の中に見てしまっているのではないのか、と張衛は思った。

張燕が、薪を折る。指の太さほどの薪で、たやすく折れた。それでも張衛は、そこに籠められた力に、激しさと入り混じった微妙な寂しさのようなものを感じた。火がついたばかりの薪は、よく音薪の燃える、ぱちぱちという音がしはじめる。

をたてる。やがて燃え盛ると炎の音になり、それが消えると、もう音も出さない。ただ灰になっていくだけだった。

張燕の手の甲の、黒い大きなしみから張衛は眼をそらした。

戦のみにあらず

1

調練の地が、州境近くに移された。
曹操の侵攻に備えてだということは、誰の眼にも明らかだったが、蔡瑁はそれにも文句をつけてきた。趙雲と一緒に劉備の供をして、襄陽に行った時のことだ。
張飛は激昂したふりをして、蔡瑁につかみかかろうとした。それを趙雲と王安が押し止め、劉備が強くたしなめた。劉表の前だった。ほかの幕僚たちも揃っていた。
曹操が、いつ荊州に侵攻してくるかわからない情勢であること。その時は、地の利を確実なものにするために、できるかぎり州境の近辺で調練をしておきたいこと。
劉備が穏やかに説明した。伊籍が、当然のことだと言った。ほかの幕僚も、みんな頷いた。

蔡瑁は恥をかいた恰好だが、それは自分で招いたことだった。会議の間じゅう、張飛は蔡瑁を睨みつけていた。蔡瑁は、そういうことには弱い。相手を見下せば、どんな理不尽でも言いはじめるが、なにをするかわからない相手だと思うと、とたんに弱腰になる。張飛は、なにをするかわからない男に徹しきった。
　劉表軍の古い幕僚たちの中には、蔡瑁のやり方に明らかに不満を持っている者がいた。何年かかけて、蔡瑁はそういう人間を追い出してきたはずだが、それでもまだかなりいる気配だった。
　劉表は、すっかり老いぼれて、死ぬのを待っているだけのように、張飛には思えた。蔡夫人が望むことをやろうとする。ただそれだけにしか見えなかった。二年ほど前から蔡夫人が生んだ劉琮を、極端にかわいがりはじめたのだという。それまでは、長男の劉琦を立てることもあったようだが、いまは会議にも幼い劉琮を連れてくる。
　劉琮が後継になれば、蔡瑁はほとんど荊州を手に入れたも同じだろう。いまも軍には弟の蔡勲や従弟の蔡和、蔡中などを入れ、主要な権限は独占してしまっていた。
　劉備は荊州を奪らないのか。張飛は、しばしばそれを考えた。関羽には何度か言ってみたが、自分たちの考えることではない、とたしなめられた。

確かに、その気になれば荊州は奪れる。しかし、そのまま曹操とぶつかることになるのだ。いまここで曹操に潰されれば、次に頼るべき相手は見つからない。そのあたりを、劉備は慎重に考えているのかもしれない。

劉備は、しばしば趙雲を伴って姿を消した。州境付近から、江夏郡北部のあたりの、豪族に会いに行くのだ。会って、特になにか話をするわけではないという。とにかく、会っておく。劉備玄徳という男を、直接知っていると豪族に思わせる。そんなことも、くりかえせばいつか役に立つはずだった。流浪していたころ、その豪族たちの食客となり、劉備の部将として荊州に入ってきてからは、しばしば旧交を温めるという理由で訪ねていたのだ。

荊州の中の豪族は、趙雲がほとんど知っていた。

荊州に入った四年前から、劉備は豪族を徐々に味方につけるということをやってきたのだ。劉備軍六千はまったく増えていないが、潜在的な兵力はかなり増えたはずだ、と張飛は考えていた。だから、蔡瑁が劉備の動きに神経質になるのも、理由のないことではなかった。荊州中央の軍は掌握しても、豪族にはむしろ反撥されるという状態に、蔡瑁はあるのである。

調練地が州境近くになると、野営も多くなった。

「張飛、おまえが供をしろ」
めずらしく、劉備にそう言われた。
劉備が野営地から姿を消すのは、大抵は夜間である。二、三日、長くても五日経つと帰ってくる。
久しぶりに、馬を飛ばした。
夜中に出発し、翌日の正午には江夏郡の信陽に入った。黄祖の軍勢だった。張飛と王安のほか、劉備の従者が二名だけである。
二万ほどの軍が、城外の原野に駐屯していた。
「黄祖殿が、前回に会った時に、おまえに会いたいと言われてな」
「ほう、なぜでしょう?」
「それは、黄祖殿から聞くがいい」
黄祖の幕舎のまわりには、衛兵が五十名ほどいた。
すぐに、劉備と張飛は幕舎の中に案内された。
「おう、劉備殿でしたか。ちょうどよかった。昼食をともにいかがです」
「なんとか昼食にありつこうと、急いで来たところでした。間に合いましたな」
黄祖といえば、長く江夏太守をつとめている。十数年前、長沙郡から進撃してき

た孫堅の軍を迎え撃ち、戦では敗れながらも、孫策や孫権を殺したのである。それ以来、孫家にとっては仇敵となっていて、何度も孫策や孫権に攻められている。家族も、それで失ったはずだ。それでも、江夏は破られていなかった。

「張飛です、これが」

「おう、張飛殿か。これへ腰を降ろされるがよい」

黄祖は、白髭の小柄な男だった。陽に焼けているのか、顔はどす黒い。手の甲も、しみだらけだった。しかし、眼には猛々しい光があった。

「董陵の娘を、娶られたな」

「ええ。確かに、女房は董陵殿の娘です」

「わしは、董陵とは幼馴染でな。ともに洛陽で学んだこともある。女を張り合ったこともな」

言って、黄祖は大声で笑った。

「どうだ、董陵は元気にしていたか?」

「はい。きわめて元気であります」

「劉表殿も、なにを考えておられるのか。あの蔡瑁の鼠野郎のせいだな。董陵ほどの者を、西城などという北端に押しこめてしまった。荊州で実力のあった武将

が、何人も僻地へやられた。蔡瑁が江夏へ入ってくれば、わしは首を引き抜いてやる。いつもそう言っているものだから、一歩も入ろうとはせん」
　大きな戦がなかった荊州で、たえず紛争を抱えて緊張していたのが、この江夏だった。揚州の軍は、決して南の長沙のあたりから、荊州を侵そうとはしなかった。必ず江夏を攻めてくる。そのたびに勝ちは収めても、完全には攻めきれず、黄祖を討ち取ってもいない。
　荊州で最も強力になるのも、当たり前のことだった。
　江夏が破られれば荊州がどうなるか、誰でも知っている。つまり、黄祖がいなければ困るのだ。だから蔡瑁も、黄祖だけには手を出せずにいた。それでも、揚州の軍と対立した時、劉表に援軍を送らせないために動いたこともあるらしい。
「曹操は、ほぼ河北を統一しましたな。袁譚は斬られ、袁尚と袁熙は幽州から部将であった者たちに追われ、烏丸のもとに逃げたという」
「冀州では、一年間税が免除され、活発な復興がはじまったようです」
「中原から河北までも制しますかな。次は荊州ですかな。この間劉備殿が言われたように」
「多分」
「涼州ということは、やはりありませぬか？」

「涼州に軍を出している間に、南から衝かれる。これは警戒するでしょう。それに涼州は、言ってみれば独立勢力であり、中原に出てこようという気まではなさそうですからな」
「後回しでも大丈夫というわけですか」
「荊州を奪って、そのまま揚州に攻めこむ。鄴で、水軍の調練を開始する気配だというのも、それを物語っておりましょう」
「水軍の調練か」
 張飛は、はじめて聞くことだった。劉備は、応累という者を使って、全国の情勢を探っている。水軍の調練というのも、応累が知らせてきた情報だろう。
「荊州は、守りきれるでしょうか、劉備殿？」
「いまのままでは、きわめて難しいと言わざるを得ません。荊州がひとつにまとまらぬことには」
「わしは、襄陽まで劉表殿の応援に行くなどということはいたしませんぞ。江夏だけで手一杯です。かつては、襄陽への応援にも行った。孫堅と闘ったのは、その時でした。しかし、いまの劉表殿では」
「躰がすぐれないことが、最近は多いらしい。襄陽から出られることも、もうあり

ません。ほとんど館におられます」
「老いられたのだな。わしも、見ての通り老いぼれです。次に孫権が攻めてきた時に、耐えられるかどうか」
「なにを言われる。これまで、揚州の軍を江夏で防ぎきっておられるではありませんか」
「多分に、運にも助けられています。わしほどの歳になると、自分の力がどれぐらいかということは、いやというほどわかる。生きているかぎり、江夏は守り抜くつもりで、兵の調練も欠かしてはおりませんが」
「江陵に精鋭を集結させる。それだけでもだいぶ違ってくる、と私は思うのですが、なかなか劉表殿は動かれない」
「まず無理でしょう。江陵に精鋭がいるとなれば、わしも安心です。しかし、いまの劉表殿では。いや、蔡瑁だな。あの男がいるかぎり、荊州はどうにもなりません」
「頭の痛いことですな」
「それに、後継です。劉表殿は、さっさと劉琦殿と決めるべきなのです。ところが、どうも劉琮殿に行きそうな感じです。これは最悪ですぞ。蔡瑁が荊州を乗っ取る。

「まさか、そこまでは」

「いや、蔡瑁が狙っているのは、それしかありませんのじゃ」

それから黄祖は、部将ひとりひとりの名を挙げ、いま蔡瑁にどういう扱いを受けているかということを、喋りはじめた。老人特有のくどさがある。張飛は、黙って出された肉を食いはじめた。

蔡瑁さえいなくなれば、と心ある者は誰もが考えている。しかし蔡瑁は、中央の軍をしっかりと血族で押さえ、身辺の警戒にも怠りがない。

「歳は、とりたくない。劉表殿のようになりたくはない」

劉備と黄祖の話は、まだ続いていた。

「幸い、わしには家族がおりません。劉表殿には、老いてから息子ができた。それですな。生きることに、未練を残してしまう。その未練が、判断力のすべてを衰えさせる。そうなる前に、わしはなんとか戦の中で死ねそうだ」

「そのようなことを、黄祖殿」

「いや、武人は戦で死ぬべきでしょう。わしはこのところ、そんなことばかり考えます。それも、雄々しく闘って死にたいものだ」

張飛は、顔をあげて黄祖を見た。はじめの猛々しい眼の光はなく、疲れた老人の顔があるだけだった。
「ところで張飛殿。董陵の娘はやはり男勝りか?」
「身の丈は、七尺五寸(約百七十三センチ)、馬をよく乗りこなし、剣を遣わせてもなかなかのものです。いまは、大人しくしておりますが」
「ほう、大人しくなった」
「子が生まれたのですよ、黄祖殿」
　劉備が言って、嬉しそうに笑った。
「男子か、張飛殿?」
「はい」
「それはまた。張飛殿と董香との子か。末恐ろしいのう」
「黄祖様は、香を御存知でございますか?」
「知っておる。十二歳のころまでな。そのころから、馬に乗り、剣や槍を振り回しておった。董陵が、嘆いておったぞ」
「俺とも、やり合おうとします。一度馬から叩き落としてやってから、いくらか大人しくなりましたが、兵どもを相手にするのはやめようといたしません」

「女傑と申すのじゃ、ああいう女を」

張飛は、恥じてうつむいた。

「今度、江夏に伴うとよい。わしも、母親になった董香の姿を見てみたい」

「はい。機会がありましたら」

「張飛殿の、騎馬隊の手並みも見てみたいものだが、それは無理かのう。劉備殿の軍が江夏に来れば、曹操に道を作ってやるようなものだからな」

それから、談笑は夕刻まで続いた。

泊れと勧められたが、劉備は断って辞去した。

三十里（約十二キロ）ほど駈け、そこで露営した。黄祖に持たされた肉を従者が三人で焼き、五人で車座になって火を囲んだ。酒も、少しだが持たされていた。従者たちは先に寝かせ、張飛は遅くまで劉備と語り合った。

こういう時を持つことが、最近ではあまりなくなっている。張飛は、劉備と語り合うのが、一番好きだった。好き勝手なことを言って、叱られることもある。それが、またよかった。叱られたくて、好き勝手を言っているようなものだ。関羽もよ

く張飛を叱るが、いつも道理を説くような叱り方だ。早くやめてくれ、と言いたくなる。劉備の叱り方は、時には激しく、時には慈愛に満ちていた。感情の起伏が激しくて、その感情のままに言葉を出している、というのがはっきり感じられた。多分、こんな叱り方をされるのは自分だけだろう。そう思えることも、張飛の喜びだった。
「おまえの妻は、もう馬に乗っているのか？」
「申し訳ありません。いくら言っても、やめようとしないのです。それどころか、赤子を抱いて乗り、馬の上で乳をやったりするのです」
「よいではないか。おまえは、いい妻を娶った。誰がなんと言おうと、一途におまえのことを愛している。そして、おまえによく似てもいる」
「そうでしょうか？」
「おまえは、自分の妻が、自分に似合っていないとでも思っているのか？」
「正直に言うと、いい妻だと思っています。見事に馬を乗りこなす姿などを見ると、嬉しくなったりするのです。大兄貴、俺は恥しいとは思っていないのですが、他人には見苦しい姿に見えるのでしょうか？」
「見苦しくなどあるものか。しかし張飛、そんなことで他人の眼を気にしてはなら

ぬ。それこそ、おまえらしくないことだ。おまえが、見ていいと思えば、指さして笑う者がいたら打ち据えてやれ」
「そうですか。そうですよね。俺の女房なんですから、俺さえいいと思っていれば、人にとやかく言われる筋合いではありませんよね」
「とやかく言った者を打ち据える。それで、おまえの妻はもっとおまえの愛情を身に感じるようになる。女とは、そういう生きものだぞ、張飛」
「大兄貴にそう言われると」
「どうした？」
「早く館へ戻って、女房を抱きたくなりました」
「こいつ、私にそういうことを言うのか」
　劉備が、愉しそうに笑った。
　薪が燃え盛っている。まだ寒い季節だが、露営でもつらくはなかった。
「ところで大兄貴。蔡瑁のやつを、このまま放っておいていいのですか？」
「どういう意味だ？」
「どこかで、消してしまった方がいい、と俺は思うのですが」
「もっと深く読め、張飛。蔡瑁がいるために、劉表殿から人心が離れる。その離

「なるほど。ただ、俺も小兄貴も、蔡瑁のやつがいつか大兄貴に害をなすのではないか、と心配なのです」
「それはわかる」
　劉備が、薪をひとつ火に放りこんだ。
「私も、充分に気を配っている。伊籍が、またそれとなく蔡瑁を見ていて、私にいろいろと教えてくれる。二度か三度は、それで助けられた」
「伊籍殿ですか。劉表様の下にいて、蔡瑁などとやり合わねばならぬのは、惜しいと思います。劉表様は、伊籍殿を重用されることもないし」
　劉表が伊籍をあまり重用しないから、蔡瑁も伊籍追放に動かないのだとは、張飛にもわかっていた。ただ、時に歯嚙みしたくなることがある。
「あれも、臣たる者の姿だ。私は、そう思っている。伊籍は幕客にすぎなくても、男の生き方ではないか。劉表殿ひとりには、臣下の心を持とうと決めたのだ。それも、男の生き方ではないか」
　伊籍を、嫌っている人間はいなかった。控え目だが、なにかあるとしっかりと自分の意見を言う男だった。ほんとうは芯が強いのだろう、と張飛は思っている。

伊籍の古い友人だという、徐庶の方がどこかいい加減だった。ただ、剣はよく遣える。それに軍学に詳しくて、関羽や趙雲と三人で講義を受けたこともある。実戦で役に立つのはもっと別のものだと徐庶は言い、張飛もそうだと思った。しかし軍学には深いところもある、と感じられた。実戦で学んで身につけたことが、軍学にもかなっているのだと知ると、わからないことは訊こうという気にもなってくる。

劉備と徐庶は、もっと深い話もしている気配だった。劉備は徐庶に臣従を求めたこともあるようだが、自分に仕官はむかないと答えたらしいという話も伝わってきた。

糜竺と孫乾が、新野近辺の民政をしっかりやっていて、新野の兵を養えるだけの税が、入っているはずだ。二万の兵を養えるだけの税が、入っているはずだ。その分を、劉備は劉表に納めている。そのうちの半分を、劉備は劉表に納めている。戦もさせて、税も半分は吸いあげる、というやり方に、張飛は腹を立てたこともあったが、新野はもともと劉表の領地なのだ。

劉備に、自分の領地を持たせたい。張飛は、いつもそう思っていた。明日は、豪族を三人ほど訪ねてまた露

営し、明後日に調練地へ帰ることになっている。新野までなら、さらに一日かかる。

張飛は、音をたてないように、数本薪を足した。朝まで熾火で暖かいように、もうしばらく火の番をしていようと思った。

2

曹操は、冀州の中を駆け回った。

四月になると、張燕を頭目とする黒山の賊徒が、降伏してきた。

兵八万を連れての、降伏である。かつて漢王室は、討伐の難しさを悟って、官位まで与えて懐柔しようとした。曹操も降兵としては扱わず、官位を与え、その兵も夏侯惇に選抜させて、使える者は曹操軍に編入することにした。

対面した張燕は、痩せた老人で、眼にははっきりと無念の色があった。

「もうよかろう、張燕。叛乱を起こした時にはあった道理も、もう乱世で意味がなくなってきた。そして、世がまたひとつにまとまりつつあるのだ」

「若い者たちの、時代でありますか。この老骨の言うことを聞く者も、少なくなり、并州を不安定にしてきた男の、降伏だった。

ました。それに、曹操様は、実によくわが軍の重立った者たちを押さえられました。時の勢いがあった。だから、曹操様に靡く者たちも出はじめたのでありましょう」
「張燕、老いるにはまだ早い。これから、私の天下平定の仕事の助けになって貰うぞ」
「存分にお使いください。別に死ぬことを恐れてはおりませんので」
　張燕の眼からは、最後まで無念の色は消えなかった。黒山賊に対する工作をしたのは、郭嘉である。張燕に直接工作はせず、周囲の者をひとりずつ取りこんだ。書簡を届けるだけでなく、何度か黒山の近くまで潜入もしている。
　郭嘉は、まだ三十六歳である。荀彧が老いたあと代る者。それが郭嘉だと、曹操の頭にはある。荀彧のように、曹操には扱いにくい勤皇の思想を持っているわけでもなかった。
　今度のことで、郭嘉の力量はほぼ見定めることができた、と曹操は思った。黒山の賊徒を降したことより、その方が大きい。
　張燕の兵からは、二万五千ほどを曹操軍に編入した。それでも半年の調練は必要だろう、と夏侯惇は報告してきた。山岳戦には馴れているが、野戦の経験に乏しい。
　幷州の高幹は、降伏したのでそのままにしてある。袁家の兄弟の争いにも、積極

的には加わらなかった。いまも大人しくしているが、三年は見ていよう、と曹操は思っていた。

冀州には、ほぼ問題はなくなった。

幽州は遼東郡を除いてほぼ曹操の手中だが、青州は、海岸線が不穏である。海賊が跋扈している。幽州にいた公孫瓚を牽制するためには、それが必要だったのだろう。その時の関係がまだ続いていて、烏丸は逃げこんできた袁紹の息子二人を保護した、と考えることができた。

袁紹は烏丸をよく手懐けていた。北方の烏丸族に不安があった。

不穏なのは、青州より幽州だろう。

曹操は、冀州北部に四万の兵を伴って駐屯した。

鄴は、大工事である。水軍の訓練のための広大な池を作らせているし、丞相府となるべき建物も必要だった。

自分の本拠を鄴に移すことに決めたが、宮廷はそのまま許都に置く。つまり、宮廷と政事を切り離すのである。やがて、宮廷と帝は、名だけの存在になっていくだろう。力を持たないものが、その血だけで帝として頂点に立つのは、理不尽なのである。

しかしまだ、帝が無用の存在とは言いきれなかった。制圧していない地域が、多

全土を制圧した時、帝ははじめて無用の存在になってくるだろう。

烏丸が、幽州漁陽郡に侵入した、という知らせが曹操に入ったのは、七月の終りだった。曹操は躊躇せず、四万の兵を率いて漁陽郡に進攻した。

侵入した烏丸は数万の規模で、城をひとつ落として守将を殺し、略奪を重ねながら、さらに幽州深く侵入してきているという。

率いているのは、張遼の騎馬隊と許褚の軍を中心にしていた。張遼の騎馬隊は五千に達し、許褚の率いる騎馬も三千である。烏丸は、騎馬を中心とした軍勢である。幼いころから、みんな騎馬に親しんでいる。そして遊牧のため、一カ所にじっとしていることはない。

まとまった軍が幽州に侵入してきたのは、饒倖と言ってもよかった。

曹操は、進軍を急がせた。斥候も次々に出した。一万五千ほどの騎馬隊である。漁陽の南五十里（約二十キロ）の地点で、烏丸の本隊を斥候が捕捉した。むこうも、当然曹操軍を捕捉しているだろう。

敵前十里（約四キロ）の地点で、曹操は歩兵に陣を組ませた。曹操軍独自の、馬止めの柵も応急に作らせた。それから騎馬隊だけを三里ほど前に出し、攻撃の構えをとった。およそ一万騎である。

土煙をあげて押し寄せてきた烏丸軍は、一万七、八千騎はいるように見えた。張遼が正面からぶつかり、すぐに圧倒されるように押されて退いた。許褚が、側面から牽制する。
　張遼の騎馬隊に、とにかく矢を浴びせる。晴れた日だったが、草原が翳るほどの矢の数だった。それでも、烏丸は怯まず馬を進めようとする。柵に縄をかけて、引き剝がそうとする。
　耐えられるだけ歩兵には耐えさせ、その間に側面に迂回した張遼が、一直線に突っこんでいった。歩兵に遮ぎられて動きの止まった烏丸は、槍のように突っ走る騎馬隊に中央を貫かれて混乱した。そこを、許褚の騎馬隊が襲う。さらに、曹操も二千騎の旗本を率いて突っこんだ。反転した張遼の騎馬隊が、再び敵中を突き破る。
　混乱が大きくなり、敗走をはじめる者も出てきた。歩兵が全軍で出てきて、押し包んだ。歩兵の包囲から逃れた五千ほどの本隊を、張遼の騎馬隊が追い撃ちに討った。それでも、烏丸の騎馬隊である。張遼の騎馬隊でさえ、やっと追いつけるほどだった。
　川を越えたところで、烏丸は陣を組んだ。敗走する者を、その陣に収容しようと

いうのだろう。

張遼だけでは崩せず、曹操が駆けつけた時は、すでに一万ほどになっていた。

それでも、一度は破られた軍である。総攻撃をかけると、闘うことなく再び敗走しはじめた。そういうことのくり返しで、二日追い続け、白狼山麓でようやく曹操は軍を止めた。これ以上は歩兵が保たず、騎馬隊だけで孤立しかねない。陣を敷き、幕舎を張った。白狼山を拠点にして、さらに烏丸を攻めるべきかどうか。

「ここに城を築き、幽州からの補給路を作り、たえず烏丸に圧力をかけ続けるべきではないでしょうか」

言ったのは、張遼だった。

幽州の情勢が安定しないので、兵站の保守が難しいという意見も、ほかの部将から出された。

曹操は、決断しかねていた。本気で烏丸を征討するには、十万近い兵力は必要だろう。河北四州の中ならばともかく、外にまで大軍を出している余裕があるのか。

河北では、すべてがはじまったばかりなのだ。

それに、烏丸はどこかに城を築いて籠るということはせず、たえず移動している。

拠点を作ることに果して意味があるのか。
袁尚と袁煕は、烏丸の中に逃げこんでいる。生かしておくと、いずれ厄介なことになりかねない。
 決定は下さなかった。
 ただ、しばらくここに滞陣しようと思った。幸い、河北では大きな問題は起きていない。いま、緊急に軍が整備されている時で、やがて曹操軍は四十万に達するはずだった。それでも、河北から中原のすべてに、兵は配置しなければならないのである。外征の兵力は、多分二十万というところだ。
「馬商人だと名乗る者が、ぜひ丞相に拝謁したいと申して、陣の外に来ております」
 従者が報告に来た。追い返せという返事を待っているように見えた。
「ひとりか?」
「供を二人連れてはおりますが」
「会ってみよう」
 馬商人、というところに惹かれた。烏丸の馬は、張遼の騎馬隊に勝るとも劣らない速さを持っていたのだ。

「洪紀と申します」

連れてこられたのは、髪に白いものが混じった、小柄な男だった。

「白狼山で、烏丸族とともに馬を飼い、曹操様のもとへも何千頭かお届けしております」

「ほう、何千頭もか」

「はい、亡くなられた袁紹様にも、公孫瓚様にも。私の先生はまだ豊かではないので、あまり多くはお買いになりませんが、特別に安くお売りしております」

「ほう、おまえの先生とは？」

「劉備玄徳様でございます」

「なに、劉備だと？」

「一度に百頭もお買いになれませんが、それでも特別にお安くしております」

「劉紀と言ったな。なんの目的で、私に会いに来た。まさか馬を売りに来たわけではあるまい？」

「馬を売る時は、その軍の厩舎を統轄しておられる方にお話しいたします。むこうから来られることの方が多いのですが。曹操様のところから来られる、士英様は清廉な方でございますな」

士英は、曹操が特に馬の買いつけを命じている男だった。なかなかいい馬を、そ
れも安く買ってくる。
「ほかの軍から来られる方は、こちらの言い値よりいくらか高く買って、超過した
分を寄越せとおっしゃいます。士英様は、逆に値切られます。まあ、私としては
士英様のような方と取引した方が、気分はいいのです」
曹操を、こわがってはいない。それは、眼を見てはっきりとわかる。
「用事を訊こうか、洪紀？」
「この白狼山一帯に、広大な牧場がございます。およそ二十万頭の馬が飼われてお
ります。働く者が五万。自衛軍が一万弱」
「ほう、自衛軍と言ったか？」
「はい。烏丸の単于（首長）とは、話し合っておりまして、攻められることはござ
いません。それでも、一千、二千の野盗が現われることはめずらしくなく、そのた
めの自衛の軍です。五千の野盗が現われた時も打ち払い、いまだ敗れたことはあり
ません」
「軍となれば、どんな者が指揮をしているかだな」
「はい、成玄固と申す者が」

すぐに、曹操はその名を思い出した。下邳で呂布を攻囲した時、傷ついた赤兎馬の治療のために呼ばれた、劉備の部将だ。隻腕だった。赤兎馬を連れて、城から出てきて、どこかへ立ち去ったのだ。

不意に、懐かしさに似たものに、曹操は包みこまれた。

「劉備は、いま私の敵である」

「そんなことは、商人には関係ないことでございます。私はただ、どうか戦場になさらないでください、とお願いにあがっただけです」

「牧場が荒れるか?」

「はい。営々として作りあげた牧場でございます。烏丸も、決して荒らそうとはいたしません。曹操様に追われて逃げる時も、牧場のある地域は迂回いたしました」

「戦だぞ、洪紀」

「戦ならば、すべてを荒らしていいということにはなりますまい。まして、ここは曹操様の領土ではございません」

「あえて、牧場をわが軍が駆け抜けると申したら?」

「自衛の軍が動きます。相手が曹操様であろうと、たとえ劉備先生であろうともです」

「勝てる、と思っているのか？」
「勝てるわけもございますまい。野盗などではなく、いま天下を平定しつつある曹操様の軍なのですから。しかし、自衛の軍は動きます。十万頭の馬が、一斉に駈けてくる姿を想像されたことがございますか、曹操様」
「うむ。それは手強かろう。考えると、背筋に冷たいものが走るな」
洪紀が笑った。曹操が、牧場を荒らす気などないことが、はっきりわかったのだろう。
「成玄固に、会えぬか？」
「ここへは、参りません。丘ひとつむこうのところに、五百ほどの部下とおります」
「はて、斥候からの知らせはないが」
「成玄固が、自らの庭のようにしているところでございますぞ」
「なるほどな。私がそこへ行けば、会えるのか？」
「軍勢を率いてでございますか？」
「いや、許褚という者と、百騎ほどはどうしてもついてくるが、それだけだ」
「ならば、私が御案内いたしましょう」

曹操は頷き、従者を呼んだ。

許褚の百騎である。これは選りすぐりの者たちであって付いてきた。かつて下邳の城に、張遼は籠っていた。それに、張遼がどうしてもと言って付いてきたのだという。

曹操が出発すると、山を越える前に、丘の稜線に一騎現われた。こちらへむかって、疾駆してくる。片袖が、風に靡いていた。

「成玄固か。久しいな」

そばまで駈けてきて下馬した者に、曹操は声をかけた。

「ここは、われらの土地でございます。曹操様ほどのお方が、なにゆえわずかな供回りで軍勢を離れられます？」

「叱られているのか、私は。おまえに会いたいと思って来たのだが」

「なにが起きるか、わかりません。このような知らぬ土地では、軍勢を離れられないことです」

「まことに、おまえの言う通りではある。しかし、ひとりか。部下がいると、洪紀は申したが」

成玄固が手を挙げた。

丘の稜線に、五百騎ほどが、湧き出したように現われた。
「なるほど。まったくなにが起きるかわからぬものだ。ここで果てたら、私のやつてきたことはなんだったのだ、ということになる」
「どうか、牧場に軍勢をお入れなされませぬよう」
「わかっている。しかし、どれほどの広さの牧場なのだ?」
「およそ、代郡ほどの広さはございましょうか。そこに、大小の牧場が百余ございます。自衛軍は、その全体を守っております」
「赤兎も、そこにいるのか?」
「はい。孤独な馬でございましたが、いまは気に入った雌馬がいて、穏やかに暮しております。子も、三頭ほど作りました」
「ほう、あの赤兎馬の子か」
「ほかの雌は寄せつけませんので、多くの子というわけには参りません」
「赤兎馬は、どんな雌馬が気に入ったのだ?」
「大変な悍馬でございました。赤兎に追われても追われても、決して怯みませんでした。ほかの雄馬には見むきもせず、赤兎のそばを離れないのです。赤兎も、いつかそれを許すようになって」

「人と同じだな」
「人よりも、純粋でございましょう。打算がありません」
成玄固が笑った。
「おまえに、一頭馬を選んで貰いたいと言いたいところだが、実はいまの馬が気に入っていてな。官渡で袁紹殿と闘った時から、これに乗っておる」
「いい馬でございます、曹操様」
洪紀が口を挟んだ。
「うちの牧場の馬で、曹操様が気に入られるだろうと、士英様が選んでいかれたものです」
「なるほど。そうだったのか」
「士英様は、馬を買いつけに来られる方の中でも、一番いい眼をお持ちでございますよ。この馬だけは、値切らず、言い値で買ってくださいました」
成玄固が、ほほえんでいる。赤兎に跨った呂布の姿を、曹操はまざまざと思い浮かべた。最初にその姿を見たのは、汜水関であった。もう十五年も前である。
「赤兎馬も、老いたであろう、成玄固?」
「はい。人の歳で測れば、もう老人でございます」

「いい余生なのかな?」
「どうでございましょう。いまだに、呂布様を忘れてはおりません。私には、それがよくわかります」
「成玄固殿、礼を申します」
張遼が出てきて言った。
「赤兎が死ぬことを、呂布様は恐れておられました。ここまで長命を保つとは、赤兎と別れても呂布様にとっては本望でありましょう」
「張遼殿。赤兎は死にません。われらの心の中で、決して呂布様が死なぬのと同じように」
「そうか。そうだな。赤兎は死なぬ」
「もうよい」
曹操が口を挟んだのは、羨しさに似た感情に襲われたからだった。自分がどこかの戦場で果てたとして、心の中では生き続けている、と言ってくれる人間が何人いるのか。
「おまえは、自分の生をふり返ることがあるか、成玄固?」
「はい。そして、悔いてはおりません」

「そうか。ならばよい。私は、軍を退こう。しかし、いずれ烏丸は討たねばならぬと思う。その時は、東と北の地域を戦場に選ぼう」
「ありがとうございます、曹操様」
「礼を言わねばならぬのは、私かもしれぬ。なにか、学んだという気がする。それがなにか、いずれ考えてみようと思うが」
「御健勝で、曹操様」
言うと、成玄固は身軽に馬に跳び乗り、駈け去っていった。

3

幷州で高幹が叛乱という報が入ったのは、曹操がまだ幽州に滞陣している時だった。
烏丸を防ぐ態勢を、作っていたのである。烏丸には、袁尚と袁熙が逃げこんでいるので、ただ外敵を防ぐ準備ではない。袁家の反攻をも、そこで防がなければならないのだ。
袁兄弟の従弟の高幹は、降伏して大人しくしていたものの、烏丸の幽州侵入に呼

応じて叛乱したものと思えた。
 とりあえず、楽進と李典の二名の部将を派遣したが、と鄴の荀彧からは知らせが届いた。ほかに適当な部将がいないのはわかっていたが、あの二人では荷が重すぎるだろう、と曹操は思った。
「許褚、張遼。鄴までひた駈けるぞ」
 三万の歩兵は烏丸に備えて幽州に残し、一万頭だけで駈けた。一千里(約四百キロ)以上はある。そこを、曹操は四日で駈け抜けた。
 鄴に戻ると、直ちに討伐軍を組織した。荀彧が黎陽の兵を呼び寄せていたので、幽州から戻った騎馬隊と合わせて、四万になった。李典と楽進はすでに壺関を囲んでいて、兵力は四万である。合わせて八万になる。
「やはり、ほかの豪族の呼応を恐れておられますか、丞相?」
「そうだ。河北はいま、袁家から曹家へ、支配体制が移行しようとしている時だ。特に、こういう時は、不満を抱く者が必ず出る。叛乱は速やかに押さえなければならん」
「しかし、丞相。連戦につぐ連戦でございます。少しは休まれた方がよろしいかと」

「袁紹が私に敗れたのは、連戦を嫌ったからでもある。袁紹がのんびりしている間に、私が大きくなってしまった」
「丞相のお躰を心配しております」
「おまえは、休んでいるのか、荀彧。許都にいる程昱や荀攸は。洛陽にいる郭嘉は。軍の再編をしている、夏侯惇らは？」
「みんな、それぞれに、寝食を忘れて働いております」
「ならば、私も働こう。これ以上は申すなよ」
疲労は、当然あった。
しかし、絶対的な強敵とむかい合っているわけではない。押し潰されるような圧迫感は皆無なのだ。
これぐらいのこと、と思う。何カ月も、自ら剣を振いながら闘い続けたこともあったのだ。どこまで闘い抜けるか。覇業とは、まさしくそれではないのか。
壺関にむかった。
曹操自身が、十万を率いて進発。そういう噂は、五錮の者が流していく。高幹は、曹操がまだ幽州だと思っているだろう。
年が明けていた。

曹操は、壺関の十里（約四キロ）手前に本陣を置いた。攻囲は厳しくせず、城兵が逃げやすいようにもした。
　高幹は、一度壺関を出て山越えをし、匈奴に救援を依頼に行ったようだ。果敢なところはある。降伏し、大人しくしていたのが嘘のようだ。降伏したのは、袁尚と袁譚の争いに戸惑ったためだったのかもしれない。いまはもう、袁譚はいない。袁尚と袁熙の兄弟が、手を携えて烏丸のもとに逃げているだけだ。高幹としては、袁家のためという思いだけで動ける。
　匈奴の応援が得られないまま、高幹はまた壺関に戻ってきた。独力で曹操に抵抗し、河北のどこかで別の叛乱が起きるのを待とう、という構えだろう。実際、各地で叛乱が起き、幽州にも烏丸の侵入ということになれば、混乱はかなり厄介なものになる。
　徐々に、曹操は攻囲を強めた。これ以上の、抵抗は無駄だという空気が、城兵の中には流れている、と五鍋の者の報告があったからだ。しかし、水も漏らさぬ攻囲ではなかった。逃げたい者は、逃げればいい。すでに河北での戦は、そういう種類のものになっている。お互いを潰し合うような戦ではなく、平定戦なのだ。
　三月目に、城内から降伏の申し出があった。

降兵の中に、高幹の姿はなかった。
「うまく逃げたか。手配書を回して、追え。供をそれほど連れているとは思えぬぞ」
曹操は、不機嫌だった。余計な手間をかけさせる、という思いが強かった。
鄴に戻る。
曹操が鄴にいる間に判断を仰ごう、という者たちがたちまち列をなした。ひとつひとつ、曹操はそれを判断していく。それで、河北の民政がどうなっているかも、軍の状態も、把握することはできた。
しかし、煩雑だった。
執拗な頭痛に襲われ、見かねた荀彧が、華佗を鄴に呼び寄せた。
「戦に出れば頭痛が消えるとは、因果なことでございますな」
華佗は、若い弟子をひとり伴っていた。鍼は自分で打ったが、どこにどういう鍼を打ったかは、若い弟子に書きとめさせている。
華佗は、曹操がほんとうに苦しんでいる時しか、鍼を打とうとしない。四、五日は、鍼を打ったのだ。ただ、華佗は、一番効いたようだった。
それで楽になるのだ。ただ、華佗は、一番効いたようだった。
腹の、肋骨の縁のところに打たれた鍼が、一番効いたようだった。

なにも言わずに華佗の治療を受けながら、曹操は華佗を憎んだ。ほかの者に鍼を打たせても、まるで効きはしないのである。
華佗の掌が、躰に触れる。その瞬間、気持ではなく、躰がほっとしているのがわかる。華佗は、掌で曹操のなにを感じとっているのか。なぜ、毎日鍼を打とうとしないのか。華佗を殺してやりたくなる。せめて、三日おきでもいい。躰が鍼を欲しておりません。その言葉を聞くと、華佗を殺してやりたくなる。

鄴へ戻ってから、情欲は衰えるどころか、燃え盛った。曹操は、若い女を二人、さらに側室に加えた。頭痛がない時は勿論、吐気を伴わない程度の頭痛の時にも、側室を代る代る呼んだ。曹操の、情欲の炎が鎮まるまで、側室は相手をしていなければならない。漢王室に伝わっていた房中術を曹操も学んでいて、身につけたあらゆる性技を駆使した。それはほとんど、加虐に近いものだった。女は叫び声をあげ、のたうち、やがて白眼を剝いて身動きすらしなくなる。それでも情欲が鎮まらない時は、もうひとり呼んだ。

華佗は、はじめから曹操の房事の激しさを見抜いていた。
「丞相の躰の力は、いますべて最も高いところに昇りつめております。生命力が盛んということでございましょう。頭痛もまた、生命力が強すぎるためのものでござ

「います」
「私はな、華佗。おまえには頭痛を治して貰いたいだけなのだ。おまえの任は、そ れだ。何度も言っているが、三日に一度は鍼を打ちに来い」
「躰が欲しいている時にしか、鍼は打てません。何度も申しあげておりますが、そ ういうものなのです」
「試しに打ってみたらどうなのだ」
「丞相のお躰を、試すために使えとおっしゃるのですか?」
「死ぬわけではあるまい」
「生命力が衰えます。無気力になり、戦などやろうという気も起きなくなります。 生命力が満ち、溢れ出そうな時に、それを止める。いまの丞相のお躰にとって、鍼 とはそういうものでございますな」
「戦の時、なぜ頭痛が消えるのだ?」
「生命力のむかうところが、はっきりしているからでございましょう。すべての力 を使って、勝とうとされているからだと思います。私には、戦はよくわかりません が」
「戦がなくなれば、私はどうなる?」

「いつまでも生命力が横溢しているものではありません。あと何年かで、丞相のお躰はまた違った状態になります」
「一度、訊こうと思っていた。人を苦痛から救うのが、医術ではないのか？」
「丞相も、人民の苦痛を救うために、戦をされているのではございません。平和のために、戦をしなければならない時もあるのだと思います」
「わかるような、わからないような説明だ」
　曹操は、諦めて苦笑した。ほんとうに苦しくなければ、華佗は鍼を打たないのである。逆にほんとうに苦しい時は、鍼を打ってくれる。
　荊州に逃げこんでいた高幹を、捕えたという知らせが入った。荊州というところに、曹操は微妙なものを感じた。高幹は、袁紹と劉表の同盟の縁を頼ろうとしたのか。
「すぐに、首を刎ねよ。鄴まで連行することはない。首だけ届けばよい」
　荊州の奥まで逃がしてしまえば、手が届かない。そうなれば、北と南に袁家の一族がいる、ということになる。
　まだ追えるところで、捕えることができた。それは幸運だった。

袁一族を、いまさら訊問しても、どうなるものでもなかった。早く、血を断ってしまうことだ。

軍の編成が完成しはじめたので、曹操は、さらに三万の兵を幽州に送った。烏丸に逃げこんでいる、袁尚と袁熙を殺す。それで袁家の血は完全に断つことができて、河北の叛乱の芽は消える。たとえ叛乱が起きても、中心を欠き、散発的なものになるはずだ。

烏丸を討つためには、幽州に兵力を集中させなければならない。しかし、冬場は酷寒で、輸送にも問題が出てくる。冬になる前に、運河を二本掘ることにした。それによって、輸送が楽になる。烏丸を討ったあとは、人民の交通手段としても使える。

青州では、管承という海賊が暴れていた。沿岸部が乱れているために、青州全体が落ち着きを失っているのだ。曹操は、出動の準備を命じた。

「丞相、性急すぎはいたしませんか。いまの曹操軍の中で、誰の動きが最も激しいと思っておられますか？」

荀彧の言い方には、たしなめるような響きさえあった。動きが最も激しいのは自

分だ、ということは曹操にはよくわかっていた。ただ、放っておけない。誰かをやろうにも、有能な部将たちは、みんなそれぞれに仕事を抱え、それは放り出すことができないことばかりだ。
　焦りがあるわけではなかった。河北四州の制圧など、想定したよりもずっと早く果すことができた。それでも、眼の前にやらなければならないことがあり、その気にさえなれば自分がそれをできるのだ。
「丞相は、いま幽州に運河を掘らせておられます。いずれ、烏丸を討つためです。忙しすぎます。私は、いずれどこかに隙が出るのではないかと、心配いたします」
「私に隙だと。荀彧、誰にむかって言っているのか、わかっているであろうな」
「無論、わかっております。お叱りも、覚悟の上です。丞相は鄴におられ、河北、中原の全域を見つめておられるべきだと思います。やがて、軍が整い、河北に心配がなくなれば、夏侯惇将軍をはじめとして、信頼のできる将軍を動かせるようになります」
「そうなった時、そうしよう。海賊が青州で暴れているのは、いまだ。だからいま、

「海賊の暴動など、大したことではありません」
「袁紹が河北四州にあれだけの力を持ちながら、細かいことを、細かいこととして見過していたからではないのか」
「丞相は、袁紹とは違います」
「自ら腰をあげようとしなかったからではないのか。おのが力を過信し、いや腰をあげようとしなかったからではないのか」
「同じにするな、と言っているのだ。荀彧、私はいまやれることは、いまやっておきたい。やらなかったことで、後悔はしたくない。今後も、私は必要があれば自ら出陣する。そして、勝つ。以後、私に同じことを言うのは禁ずる。よいな」
「わかりました」

荀彧がうつむいた。強い口調に、曹操は自分で驚いていた。それも振り払った。
「壺関を攻めた時の軍が、鄴にまだ残っている。楽進と李典だ。この二人は、高幹をうまく攻めることができなかった。あまつさえ、降伏の時に高幹を捕え損った。だから、青州では、その地位を賭けて働かせる」

進発は、翌日にした。輜重を連れない軍を、とにかく急がせた。兵糧は、徐州から運ばせる。

青州、淳于。本営を、そこに置いた。青州の平定に当たっている部将が駈けつけてきたが、その場で罷免した。
「楽進、李典。それぞれに、兵を一万五千ずつ率いよ。ひと月後には、ここへ戻れ。青州の沿岸部の掃討を、ひと月で終らせるのだ」
楽進と李典は、強張った表情をしていた。
「ひと月で掃討が終らなければ、おまえたちの明日はない」
「必ずや」
楽進が、ふるえる声で言った。李典も、頭を下げて、全身を硬直させている。楽進には無謀なところがあり、李典には慎重すぎるところがある。二人の組み合わせは悪くないはずだ、と曹操は思った。
淳于に曹操が来たというだけで、内陸にあった不穏な空気はたちまち消えた。許褚の軍を連れ、曹操は問題がありそうなところを、三カ所ほど回った。その間にも、沿岸の戦況の報告は、次々に入ってくる。進撃の速度は、すさまじいものだった。楽進と李典は、見違えるような働きをしていた。鬼のようになって突っ走っている、二人の顔が思い浮かぶほどだ。
十日で、二人は掃討を終え、淳于に戻ってきた。

「よくやった」

曹操は、二人を見据えて言った。

「死ななくて済んだな、これで」

このまま将軍でいられる、と言うつもりだった。口からは、違う言葉が出ていた。

二人が、蒼白になって頭を下げた。

「楽進、荊州へむかえ。新野の劉備を避ける位置で、拠点を作って確保せよ。何年、そこに駐屯するか知れぬ。心して、場所を選べ」

「はっ」

「李典は、青州に残れ。内陸にも、不穏の者どもがいる。私が去ってから、それらを討ち果せ。すでに、降伏は勧めた。これからは、討ち果すだけでよい。逆らう者は、今後はそうなる」

二人が退がった。

青州では、まだやることがあるはずだった。

十四年前、曹操は兗州で青州黄巾軍百万と闘い、それを降した。そして、自軍に五万の青州兵を加えた。それ以後も、少しずつ青州からは兵が送られてきたが、やがてそれも途絶えた。民衆の間から、太平道という信仰が消えていったのだ。

あの時闘った者たちに、青州を領した時は、公正な政事をやる、と約束した。それが気になった。しかし、あの時の者たちをいま捜しても、見つかりはしないだろう。見つかったとしても、それでどうなるわけでもない。

十四年の歳月を経たが、いま約束を守ればいいだけのことだ。淳于から、布令を出した。青州のみならず、河北、中原にいたるまで、すべて適用する布令である。役所の責任者は、月に一度ずつ、政事の欠陥を指摘すること。それは、相互監視が必要だった。国が腐るのは、役人には、別の部署の失政でもよい、という内容である。密告の奨励ではない。役人からなのだ。

鄴へ戻った。

烏丸討伐の準備に入らせた。

「丞相、以前からのこと、ようやくわかりました」

軍の再編を終えた夏侯惇が、いくらかやつれた表情で丞相府の館にやってきた。夏侯惇は、四十万からの軍の再編である。さらに、調練をさせなければならない。働きずくめだったのだろう。

「以前からのこととは、夏侯惇？」

「八門金鎖の陣を破った、劉備のことです」

「で、なにがわかった?」
「徐庶ですな。劉備に仕官したというわけではなかったので、なかなかわかりませんでした。食客のようなものですかな」
「どういう男だ?」
「若いころは、いろいろあったようです。血の気を押さえきれなかったのでしょう。それから長年、流浪を続けています。われらのそばにいた気配も、あります。しかし、乞われても、仕官はしておりません」
「つまり、仕官を乞われるほどの男なのだな?」
「はい。荊州の、司馬徽の門下で、俊英と謳われておりました。特に、軍学に長じております」

司馬徽の名は、曹操も耳にしたことがあった。やはり、仕官などを避け、隠棲しているという話だった。隠棲などということを、曹操は認めなかった。どれほどの知識があろうと、人の世の役に立たなければ、そういう人間の生は無駄である。
「どういうわけか、劉備とは気が合っているようで、新野に滞在していることが多いようです。もともとは、劉表の幕客で、伊籍と申す者の友人でした。それで、なおさらわかりにくかったのです」

「引き離した方がよいな、劉備とは。英雄豪傑は、私が羨むような者を抱えているが、あの男には軍師がいなかった」
「母親が、潁川におります」
「わかった。もういいぞ、夏侯惇。烏丸討伐の準備は、急いでくれ。それから、水軍の調練も。涼州にも兵をむけなければならん」
「すべて、はじめております。一度、水軍の調練は、御覧になられればよろしいと思います」

夏侯惇は、いつものように穏やかだった。
誰もいなくなると、五鈿の者を呼んだ。
「徐庶と申す者の母が、潁川にいるらしい。身柄を必要としている」
「かしこまりました」

徐庶が、母を人質にしてこちらへ転ぶ人間かどうか、やってみなければわからないことだった。才能を持ちながら、長く流浪を続けていたというのだ。母親が人質であることに対して、なにか策を講じてくるのか。それとも、無視できる男なのか。
「母親を連れてくるにしても、乱暴はならん。丁重にな」
八門金鎖の陣を破った。

「輿車などを用意してむかいます」
「それと、石岐はまだ漢中か?」
「はい。五斗米道の義舎(信徒の宿泊所)に入り、時々教祖とも会っているようです」

石岐がいなくても、五錮の者はしっかり動いていた。若い者も補充されているようで、かなりの人数になっているはずだ。
「石岐が望んでいた、浮屠(仏教)の建物、少しずつ建てはじめるがよい。費用は、荀彧に言えば出るはずだ」
「いつ、それをお許しいただけるのか、訊こうと思っておりました」
「石岐には、とうに許すと言ってある。費用の手当てまではしてやらなかったが」
「財と密着してはならぬ、と長老の間で話し合われております。財は人を組織として利用すると、丞相に費用を出していただければ、浮屠におかしな者が入りこんでくることはありません」
「五斗米道は、財と密着しているのか。石岐から、漢中では、いくらかは聞かされておろう?」
「財とは結び着いておりません。それなのに、しっかりした組織になっております。太平道のように、信者のすべてが叛徒というようなことはなく、選ば

石岐は、五斗米道の教祖の張魯を、普通の人間にすると言って、漢中へ出かけていったのだ。
漢中は、益州の中で孤立している。その気になれば、潰滅させるのは難しくないはずだが、益州牧（長官）の劉璋は、あまり能力のない男のようだった。幕僚の中にも、状況を分析できる人間はいないらしい。
「徐庶の母は、慌てることはないぞ。できれば、自ら進んで来てくれるのが望ましい」
「できるだけ、丞相の御意向に沿います」
五錮の者が去った。いつも不意に消えるような感じだが、普通に歩いて出口から出ていくのだ。気配を消す術を知っているので、姿まで消えると感じるのかもしれない。
信仰は、曹操にとっては厄介なものだった。ただ、教祖が死ねば、信徒も自然に消えていく信仰もある。太平道が、そうだった。青州に、黄巾賊の匂いはしなくなっているのだ。

しかし、教祖がいる間は、面倒だった。浮屠を認めておくぐらいが、適当だろうと曹操は思った。浮屠に教祖などはいなくて、生きている人間が神になることもないという。

曹操は、こめかみを押さえた。

頭痛はまだ、襲ってきてはいなかった。

4

三月に、丹陽郡の山越族を討伐した。時をかけて慰撫につとめ、かなりの数を恭順させ、最後に残ったのは三万の民と一万の兵だった。それを討つのは難しいことではなく、恭順した山越族の反撥は少なかった。

捕虜にした一万の兵の大部分を孫権軍にとりこみ、重立った者数名の首を刎ねた。山越族討伐は、それほどの激戦というわけでもなかったので、周瑜は中原から河北の情勢を、人を放って調べさせていた。

烏丸の幽州侵入に合わせて、幷州の高幹が叛乱を起こしたが、幽州から急行した

曹操にたやすく打ち破られている。
　袁家の兄弟の争いがあったとはいえ、曹操の河北制圧は意外なほど早かった。少なくとも、あと一年と周瑜は見ていたのだ。
　曹操の南征も、多分早くなるだろう。来るとすれば、荊州なのか、揚州なのか。
　曹操の構えは、荊州に見えるが、その構えから揚州を急襲することも充分に考えられた。
　山越族を鎮撫する過程でわかったことだが、三年前の江夏攻めの時、丹陽郡で山越族の叛乱があったのは、荊州の劉表の指嗾によるものだった。それを知った孫権が、激昂して再び江夏を攻めようというのを、いまは止めている状態だった。ただ鎮撫するだけでなく、民政を立て直し、役人を送りこむところまでやった。
　この三年の間、孫権も積極的に内陸の鎮撫にとりかかっていた。
　三年前より、孫家の力はさらにひとまわりもふたまわりも大きくなった。
　いま揚州の持つ体力でなら、江夏に進攻して落とし、そのまま荊州の深くまで攻め入ることも可能だろうと、周瑜は思った。江陵を奪れば、ほとんど荊州の半分を奪ったも同じようなものである。
　しかし、曹操の動きがあった。

荊州を攻めれば、曹操はすかさず揚州に攻めこんでくる。
「機を見て、江夏を攻めることだけはできましょう。しかし、すぐに兵は退くべきです。みすみす、曹操に揚州を明け渡すようなものではありませんか」
 建業へ戻った時、周瑜は孫権をたしなめた。出兵の準備までさせようとしていた孫権は、それでようやく諦めた。
 民政の手腕については、やはり孫権は非凡なものを持っていた。山越族の、偽の投降という、高い代償を払ったこともあってか、少数民族に対しても、民政を通してしっかり管理することを覚えた。
 周瑜は、久しぶりに建業の館で、小喬とともに過した。すでに、二人の子を生した。
 歳月とは、早いものなのだ。
 家族と過す時が、周瑜には無上に大切な時のように思えた。ふだんは、皖口にいることが多い。場合によっては、予章郡の巴丘にも行く。
 幼い長子を、庭で遊ばせる。小喬は、二番目の子を抱いてそれを見ているど、人はなんのためにするのだ、と思う。そういう時だけは、切実に思う。
 しかし、周瑜にも、天下が見えていた。
 かつて孫策が見ていたものとは、だいぶ違う見え方だろう。しかし、見えた。丹

陽郡の山中で、山越族と粘り強く交渉を重ねているうちに、見えるものは見えてきた、という感じだった。

まず、曹操を、打ち払う。それが第一だった。曹操は、確かに河北を制圧してさらに強大となったが、どこか急ぎすぎているように周瑜には見えた。山越族の孫権軍への取りこみと、民政による揚州の安定に三年をかけたのに較べて、竜巻のようなさまじさだ。

次には、南へ来る。それも、あまり時を置かずにだ。すでに、水軍の調練にも入っているという。徐州から建業を直接攻めてくるのか。それとも、まず荊州を併呑するのか。

どちらにしたところで、揚州を攻める時は、まず水軍の勝負だった。

水軍の勝負をして、曹操に負けるとは思わなかった。

なにがなんでも、曹操を打ち払う。そして即座に荊州を攻め、とりあえず江夏郡から南郡江陵までを奪う。そこを維持する兵力は、いまの揚州には充分にあった。

将軍たちも、育ってきている。孫堅の代からの、程普、韓当、黄蓋は健在で、ほかに太史慈がいる。呂蒙が、甘寧が、若い凌統がいる。

そしてなにより、友である魯粛がいる。

民政は、張昭の補佐に、諸葛瑾がいた。
兵力、十五万。江陵まで奪えれば、そこの兵を併せ、二十万以上にすぐ達する。
周瑜が見ていたのは、益州だった。
劉璋は、とりたてて言うほどのことはない男で、漢中の五斗米道を持て余している。江陵から、水軍をもって益州に入るのは、不可能ではなかった。
それは、自分がやる。
益州を奪れば、荊州全域は、熟れた実のように落ちる。揚、荊、益。その三州があれば、曹操と天下を二分できる。
頭の中だけで、考えていることだった。孫権にも、魯粛にも、語ったことはない。孫策も、こうやってひとりきりで血を騒がせていたのか、といまにして思う。
ただ血が騒いだ。孤独な、血の騒ぎだった。
これを語れるのは、曹操を打ち払ってからのことだ。曹操がどれほどの難敵かは、いままでの闘いを見てみれば、肌に粟が生じるような恐怖とともに理解できる。
しかし、曹操と天下を争いたいという思いは、周瑜の心に消し難く芽生えていた。
「あなた、このごろまた痩せられましたのね。孫権様も魯粛殿も、少しずつ肥ってこられているというのに」

赤子に乳を含ませながら、小喬が言う。長子の時も、決して乳母には任せたがらなかった。周瑜は、無心に乳を吸う赤子に顔を寄せて見つめた。
「少し楽をされればよい、と孫権様もおっしゃっておいででした。自分が腑甲斐ないばかりに、あなたに苦労をさせてばかりだと、この間は謝っておいででした」
「揚州の主として、殿は立派にやっておられる」
　そして、自分にも心に秘めた夢がある。それは、小喬にも語れないことだった。
「曹操の動きが、気になってならぬ。ここ十五年の、悲願なのだ」
「また、戦でございますか」
「仕方があるまい。こんな時代なのだ」
「そうですね。女は、待っているだけの時代なのです」
「機嫌を直せ、小喬。乳の出が悪くなるぞ」
「機嫌を悪くなど、しておりません。ただ殿が心配なだけです」
「心配してくれる妻がいる。幼い子が、二人もいる。私は、それを忘れたことはない」
　しかし、夢。そのために、妻子さえも捨てることが、自分にできるのか。

乱世に生まれた男が、当然抱く夢である。夢を、夢のまま朽ち果てさせたくはなかった。なんのために、男子として生まれてきたのか。

それでも、周瑜は細かいことに気を配るのを忘れなかった。軍船に、さらに工夫をこらすこと。船上の武器。水夫の調練。

来年からは、また皖口だった。

曹操が、来年攻めてくるということは、多分ないだろう。烏丸に逃げこんだ袁尚、袁熙の兄弟が、河北に戻る機会を窺っているのだ。その間に、江夏だけは落としておきたい。曹操が荊州から来るにせよ、揚州に直接来るにせよ、江夏の黄祖はやはり邪魔なのだ。

海陵から、周瑜の館に早馬が着いたのは、十二月に入った日だった。深夜である。従者に起こされた周瑜は、寝巻のまま、外に飛び出した。海陵には、五日前から孫権が視察に出かけている。徐州に、おかしな動きがあるという情報が入ったのだ。

はじめに考えたのは、それだった。孫権に、なにかがあった。

「申しあげます。海陵にて、軍船を試している時、何者かに襲われ、太史慈将軍が死なれました」

孫権ではない。束の間、安堵の感情が周瑜を包んだ。しかし、太史慈が死んだ。

「どういうことだ。三千の兵がいたはずだ」
「殿や太史慈将軍をはじめ、百名ほどが、海戦用の軍船の試乗をされたのです。そこを海賊らしき者どもの小船数艘に襲われ」
「そして、殿は?」
「船は浜に乗りあげ、殿は御無事でございました。ただいま、全軍で建業へむかっておられます」
「太史慈は、どうやって死んだ?」
「はい。賊の矢から、殿を庇って。矢には、毒が塗られており、太史慈将軍は軍営に運びこまれたあと、亡くなられました」
　曹操の顔が、思い浮かんだ。しかし、わからない。海賊は、徐州との州境あたりで、よく暴れていた。
「済まぬ、周瑜。私は、太史慈を死なせてしまった」
　周瑜は、城内に一千の兵を並べ、孫権の帰還を待った。
　朝になって、ようやく孫権が旗本に守られて戻ってきた。
「太史慈が死んだのは、まことに惜しい。しかし、殿は無事でおられた」
「私を庇って、太史慈は死んだのだ。これで兄上に申し訳が立つ、と言って死ん

太史慈の屍体が運ばれてきた。毒で死んだということがわかる、どす黒い顔の色をしていた。

館に戻った孫権は、沈みこんだまましばらく黙っていた。

「海戦用の軍船とは、なんでございます？」

「済まぬ。周瑜の水軍があまりに素晴らしいので、私は海軍を作ろうと思った。そのためには、海戦用の軍船が必要になる。太史慈と、その工夫をこらしていたのだ」

「襲ってきたのは？」

「海賊であろう。しかし、私であることを知って、襲ってきたのだと思う。暗殺に成功すれば、曹操あたりから賞金が出るに違いないのだ」

「そうですか。いまとなっては、調べようもありません。とにかく、殿が御無事であったことで、太史慈も浮かばれます」

孫策以来の、揚州の悲劇の予兆は、太史慈の死だけで済んだ。

動揺した旗本を、二日かけてまずまとめた。なにしろ、旗本を率いていた太史慈が、死んだのである。旗本全員を整列させたところで、太史慈を埋葬した。

「周泰」

周瑜は、孫権の前に立って言った。
「前へ出よ。ここへ来い」
緊張した面持ちの周泰が、列から出てきて周瑜のそばに立った。
はない。旗本の中で、剣や槍を遣わせたら、右に出る者はいない男だ。
「おまえは以前、殿の護衛をしていたことがあった。殿を守るために生まれてきた、と思い定めることができるか?」
「旗本に加えられた時から、思い定めております」
「よし、これからおまえが旗本を率いよ。殿、これでよろしゅうございますか?」
「周泰、太史慈の分まで、働いてくれ」
ほほえみながら孫権が言うと、周泰は二度拝礼した。
孫策が当主だったころ、周泰は孫権の護衛の任についていた。旗本を率いさせるのに、ほかに適任者はいなかった。
孫権の居室で、二人だけになった。部屋の外には、周泰の部下が立っている。
「調べさせておりますが、襲った海賊を見つけ出すのは、まず無理でしょう」
居室に戻ると、やはり孫権は沈みこむ。
「海軍について、そろそろお話しいただきたいのですが」

孫権は、黙ったままだ。じっと剣の柄に眼を落としている。
 周瑜は、孫権が喋りはじめるのを、辛抱強く待った。喋りたがってはいるが、言葉が出てこない。そんなふうにも見えたのだ。
「私は、孫の男だと言われている」
 ぽつりと、孫権が言った。
「確かに、殿は民政に非凡な手腕をお持ちです」
「民政だけなのだ。私は民政だけで、戦は周瑜がする。豪族たちの中で、そんなことが語られているというのだ」
 孫権が顔をあげた。碧い眼が、周瑜を見つめてくる。
「なにを、馬鹿なことを」
「いや、確かにそうなのだ。戦は、周瑜がやってくれた」
「私は殿の部将ですぞ。殿のために戦をやるのは、当たり前ではありませんか」
「私も、周瑜に甘えていたと思う。山越族にしたところで、そうだった。私が鎮撫に失敗した後始末を、周瑜がやってくれた」
「それと海軍と、なんの関係があります？」
「周瑜が、長江の水軍を作った。だから、私は海軍を作れないものかと思った。た

とえば曹操が建業を攻めた時、海陵あたりから速やかに軍船を回し、徐州のどこかに上陸して曹操の背後を衝く。そんなこともできる、という気がした。そのためには、船に工夫をしなければならん。百人は乗れる船を、試しに作らせていたのだ。知っていたのは、太史慈だけだった」

悪い考えではない。しかし、海は荒れることが多く、いまの船ではとても多人数は運べないだろう。

「それで、その船はどうだったのです？」

「波で、ひどく揺れた。揺れないように工夫したつもりだったが、ひどいものだった。横の波を食らうと、乗っている人間が落ちそうなほどだった。しかし、海軍を作って、周瑜を驚かせたかった。愚かだったと思う。しかし、あの船ではな。民政だけの男、と言われるのも耐えられなかった。しかし、どうやって船を操ればいいかわからない、と音をあげていた。水夫も、どうやって船を操ればいいほどが乗っている小船で、波間を素早く近づいてきて、逃げる間もなかった。せいぜい十人はいたと思う。陸に、舳先をむけるのが精一杯だった。そういう中で、太史慈が私に覆い被さって死んだ」

孫権は、憑かれたように喋り続けた。その時の恐怖を思い出すのか、時々躰をふ

るわせている。周瑜は眼を閉じた。慎重で注意深い男。完成された判断力を持っている男。そう思っていたが、孫権にも無謀なところはあった。そして、それは悪くなかった。

「民政だけですか」
「実際、その通りだ。腹を立てた私の方が、間違っていた。いまは、恥じている」
「恥じることなど、ありません」
周瑜は、孫権の碧い眼を見てほほえみかけた。
「そういうことを言う者がいるなら、殿が戦に出られればよい」
「しかし」
「江夏を、攻めてください。私の水軍ではありません。殿の水軍なのです。殿が水軍を率いて、江夏を攻められればよい。私は、ここで留守を守ります。黄祖を討って御帰還されれば、そんなことを言う者もいなくなりましょう」
「いいのか、私が行って?」
「殿。殿は、揚州の総帥です。そのことをお忘れなく」
「そうか。行かせてくれるか、私を」
「私こそ、殿にお詫びを申しあげます。殿のお気持もわからず、出過ぎていたと思

「そんなことはない、周瑜。いつも、周瑜に頼っていた。しかし、私も孫堅の倅で、小覇王と呼ばれた、孫策の弟なのだ」
「江夏攻めを、存分におやりください。ただ、戦の指揮とは、なかなかつらいものですぞ。音をあげられませんように」
「これ以上、周瑜に笑われたくはない」
　孫権は、落ち着きを取り戻していた。
　周瑜は、江夏攻めを、来春に予定していた。だから、新年早々に、皖口へ発とうという心積りだった。
　孫権が行くことになる。黄祖の兵力はあまり変化はないが、援軍として来る劉表の兵の戦闘力は、かなり落ちている。そういう調べは、ついていた。
　勝てるはずだった。
「春です、殿。春には、江夏を攻めてください」
　周瑜が言い、孫権が頷いた。

王安が、馬から払い落とされた。

張飛は、怒声を出した。

「女に負けて、恥しくないのか、王安。金玉を抜いて、どこぞの宦官にでもなってしまえ」

王安が、唇を嚙んで立ちあがっている。香との一騎討ちで勝てる兵は、劉備軍にもそう多くはいなかった。ただ、このところ、兵を相手にすることを、張飛は香に禁じていた。自分の女房が、自分の部下を打ち負かしている姿は、あまり見たくなかった。

それで、王安が時々相手に選ばれる。

小柄だが、すでに二十歳を超えていた。九歳の時に下邳で拾ってから従者にしているので、家族同様だった。いやがっても、香には引き出される。

新野の城外には草原が拡がり、野駈けには絶好の場所だった。

劉備軍は、州境から新野に戻っていた。曹操が部隊を出してきたので、新野の防

5

衛が大事になってきたのである。
「奥方、いま一度」
　王安が、棒を握って馬に乗った。ふだんなら、五度打ち合って、張飛は嬉しくなかった。香が勝っても、張飛は嬉しくなかった。もっとも、王安が勝っても、張飛は嬉しくなかった。五度打ち合って、王安が勝ったのは、最後の一度だけだった。二人とも、息を弾ませている。
「よし、いいぞ。二人でかかってこい」
　張飛は、招揺に跨ると言った。蛇矛は遣わない。大して太くもない枯枝だった。軽すぎて、張飛にはかえって扱いにくい。それでも、二人に打ち負けることはなかった。
　陽が落ちかかっている。新野の夕陽は、草原に落ちる。
　しばらく、馬を並べてそれを眺めていた。
　それから、新野に駈け戻った。
　面白くないことが多いので、三人での野駈けは、いい気晴しになった。蔡瑁が、やはりおかしなことを仕掛けてくる。たとえば、劉備軍を江夏にやろうとして動いたりするのだ。馬鹿げたことだった。江夏に援軍が必要なら、中央軍から送ればい

いのだ。
　蔡瑁のような男を見ていると、張飛の生来の荒っぽさが頭をもたげてくる。実際、ひねり殺してやると胸ぐらを摑み、劉備に止められたこともある。
　そういう張飛を処分しろと劉備に言ってきそうなものだが、そういう時は、なにがなんでもおまえを殺して俺も死ぬ、と蔡瑁にはっきり言ってあった。だから蔡瑁は、張飛を避けるだけである。
　館には、下女がひとりいた。しかし香は、食事は全部自分で作る。意外なことに、料理がうまかった。粗末なものでも、うまく食わせる術を知っている。どこで覚えたのかと訊いても、香はただ笑うだけだった。
　いい女房に恵まれた、と張飛は思っていた。料理だけではない。閨房でも、張飛に尽す。内腿にまで生えている陰毛を除けば、肌は白く、乳房は大きく、女らしい躰をしていた。並みはずれて濃い陰毛を香はいつも恥しがったが、抜くことも剃ることも、張飛は許さなかった。それが、張飛をそそるのである。口吸いも、舌が吸いこまれて痛いほど吸ってくる。
　ある夜、館に訪いを入れてきた者があった。
　伊籍だった。

「おう、どうされた、こんな時刻に。香々、酒を持ってこい」
「いや、酒はやめておきます、張飛殿。それより、お願いがあって参った」
「ほう」
入口の脇に、部屋がひとつある。客を通せるのは、そこだけだった。香が、湯を運んできた。伊籍が、軽く頭を下げる。
「香々、退がっていろ。伊籍殿は、面倒な用件で来られたらしい」
張飛は香を、香々と重ねて呼ぶ。二人きりの時に、女を呼ぶような言い方だった。香も、それをいやがらない。
「明日、劉備様が襄陽へ行かれるのは、御存知ですな?」
「知っています」
劉表が病という知らせが入り、見舞いに劉備が出むくことが決まっていた。供は襄陽に行く時はいつも、趙雲が十数騎を連れて付く。
「張飛殿にも、行っていただきたいのです。それも、麾下の四百騎を連れて」
「ほう」
「蔡瑁殿が、なにか言ってきましょう。武装して来るとは何事だ、とか。荊州の主が病である時、当然下にいる者は守りを固める。まして、曹操がいつ侵攻してくる

かわからない時である。そんなふうに、突っぱねていただきたい」
「わかった」
なにか不穏な動きがある。いつも蔡瑁がなにかしそうで、それで関羽は趙雲を付けてやる。張飛だと、なにをやるかわからないところがあるからだ。張飛も、蔡瑁を見ていると、思わずひねり殺してやりたくなる。
「劉備様にも、内密に。四百騎もが付いてくるのは、穏当ではないと言われるでしょうし」
「襄陽の近くまで、調練代りに駈けよう。それから、いきなり姿を現わして、なんと言われようと付いていく。心配なさるな」
「助かった」
「これは、うちの小兄貴には？」
「なにも申しあげておりません。確かなことは、なにもないのです。したがって、これが大きな問題となれば、張飛殿の責任ということになってしまいます。とにかく、私がそうした方がいいと考えているのでもなく、いや考えているのです。責めを負う時は、私もともに負います」
「そんな必要はない。俺ひとりでたくさんですよ。責めを負う時は、俺ひとり。そ

「しかし」
「この俺が少々の無法を働いたところで、誰も不思議には思わん。ところが伊籍殿と話し合っていたとしたら、これは裏にはなにかあると思われる。したがって、伊籍殿は俺とともに責めを負うことなどできません」
「張飛殿おひとりが」
「俺は、そのためにいるのです、伊籍殿。殿の志のためなら、いつでも身を捨てる。自分がなぜいるのか考えて、そう結論を出した。それ以上は、面倒で考えない」
張飛は声をあげて笑った。
「私など、まだまだですね。劉表様が御存命の間は、なんとか荊州を乱れさせたくない。それが恩を受けた者のつとめだと思ってきましたが、こうして人様に頼みこむので精一杯です」
「伊籍殿は、わが殿を何度も救ってくださっている。俺は、そう思っています。そして、なにも言われない」
「心細やかなるお方だ」
伊籍が張飛を見つめる眼が、束の間和んだ。
れは約束してください」

「正直に申しあげて、はじめて張飛殿の調練を見た時は、なんとも激しすぎると思ったものです。こんなにまでしなくてもと。しかし、あの調練の激しさが、戦場は兵の命を守るのです。何年か見ていて、はじめてわかったことです」
蔡瑁にいつも突っかかる。それは、劉備の感情を爆発させないためでもあった。関羽や趙雲はそれを知っているが、もしかすると伊籍も気づいているかもしれない、と張飛は思った。
「御心配なく、伊籍殿。俺が、殿をしっかりと新野まで連れ戻します」
伊籍が頭を下げた。
今夜のうちに襄陽まで戻る気なのか、湯を飲み干すと腰をあげた。
張飛は、王安に命じてすぐに部下に召集をかけた。
香が、具足の用意をして、待っていた。
「招揺に、鞍は載せてあります」
「おまえ」
「お気をつけなされませ。弱みを見せると、蔡瑁はすぐにそこにつけこみます」
「あ、うん」
香が、張飛に具足をつける。

招揺に跨って城門のところへ行くと、すでに部下たちは揃っていた。
「門を開けろ。夜襲の調練に出る」
張飛が叫ぶと、門が開いた。
四百騎が、二列で城門を出て駈けはじめた。闇。王安が、先頭を駈ける。不思議に、夜眼が利くのだ。誰も見えないものが、見えたりする。
道をはずすことはなかった。
夜明け前に、襄陽の近くまで来た。道からはずれ、草原の中で兵たちは休ませた。
四騎だけ、道の見張りにつけている。
劉備の一行が現われたのは、正午少し前だった。
「張飛、おまえは」
劉備は、張飛の騎馬隊を見て、怒るより驚いた表情をした。
「大兄貴について、襄陽に入ります。なんと言われようと、決して離れません」
眼を剝いて、劉備を睨みつけた。劉備は、ちょっと考えるような表情をしたが、なにも言わず馬を進めはじめた。趙雲も、なにか感じとっているのか、なにも言わない。
襄陽の門前に来た。

新野からの見舞いだと言ったが、守兵は慌てていた。だいぶ待たされ、蔡瑁が馬を飛ばしてやってきた。
「劉備殿、これは？」
眼も鼻も口もものものしい顔の中心に寄り気味で、ほんとうに鼠に似ている、と張飛は思った。
「このものものしい軍勢は、なんなのだ？」
劉備が、口籠った。
「殿が病の床につかれたことを、知っておられよう。それとも、戦と間違われたか」
蔡瑁の部下が、一千ほど背後に集まっていた。
「おい、蔡瑁」
張飛が、馬を前に出した。
「劉表様が、病なのであろう。なんだ、その恰好は。ふだん着のままではないか。恥しくないのか。せめて、兵には軍装を整えさせろ。劉表様が病ということは、荊州が危機ということだ。その時、軍人がなすべきなのは、守りを固め、安心して劉表様に病を癒していただくことだ。つまり、戦場に出るのと同じ覚悟をする。それが、軍人の心得というものだぞ」

「しかし」
「まして、曹操がいつ侵攻してくるかわからん。孫権も、江夏を狙っている。劉表様が病だからこそ、われらは気をひきしめて守りを固める。襄陽でも新野でも、それは同じことだ」
「待て」
「待てるか。通るぞ。止めだてすれば、不忠の臣だ。この場で頭を叩き割って、犬の餌にでもしてくれる」
張飛は、全身から殺気を発し、蔡瑁を睨みつけた。馬を進める。蔡瑁が道をあける。

城門を通った。
劉表の館の前でも、張飛は兵を休ませなかった。馬の轡を持ち、もう一方の手では槍や戟を持ち、いつでも闘えるという状態で立たせていた。館に入ったのは、劉備と趙雲と十名ほどの従者だけだ。
劉備が出てくるまで、張飛は館の門を睨みつけて立っていた。何事もなく、劉備は出てきた。蔡瑁の兵が近辺にいるようだが、動きは見せなかった。およそ五百というところか。

「帰ろうか、張飛。劉表様は、思ったより元気にしておられた。われらは、新野の守りを固くして、安心していただくしかない。それが、最上のお見舞いであろう」
 劉備の両側には、二十名ずつの兵をつけた。先頭は張飛である。
 城門のところに伊籍が立っていて、張飛と眼が合うと、軽く会釈した。
 新野へ戻っても、劉備は張飛になにも言わなかった。城外まで、関羽や趙雲らと見送ることになった。別れの宴などいらぬ、と徐庶が言ったらしい。
 年も押しつまったころ、新野の食客であった徐庶が、出ていくことになった。
「捕えられたというのでもないようだ。進んで許都へ行ったということだから」
 張飛が訊くと、徐庶は軽く頷いた。
「母者が曹操に捕えられたというのは、まことか、徐庶殿?」
「捕えられたんだ」
「騙されたんだ」
「かもしれん」とにかく、私は親不孝を続けてきた。母が、許都へ来てくれと手紙をくれたのだ。そろそろ、親孝行をしてもいい歳だと思って、許都へ行くことにした」

「曹操に、仕官するのか？」
「そうなるかもしれん。いや、そうせざるを得ない。母が、曹操の手もとだからな」
「汚ない手だ」
「いや、母がいながら、勝手放題をやっていた私が、悪かったのだと思う」
徐庶が、劉備に仕官すればいい、と張飛はずっと思い続けていた。しかし、口に出して言ったことは、一度もない。どうしようか、徐庶が迷いかけていることはわかったからだ。劉備軍の、ありのままを見て貰うしかないと思った。
「生来の流浪好きだったが、罰が当たったのかな」
「徐庶殿には、いろいろ教えて貰った」
関羽が言った。徐庶を四人で囲むようにして、ゆっくりと馬を進めていた。
「ここで会った方々のことは、忘れぬ。劉備様に仕えようかと、本気で考えていたところだった」
「曹操も、抜け目がないな。殿が軍師を抱えられることを、警戒したのだ。しかし、母子の情で縛るとはな」
趙雲が、呟くように言う。

徐庶の軍略の中には、確かにいままで劉備軍が知らなかったことが、数多くあった。それを調練で試したりして、張飛はそのたびに思ったものだ。こういう男も必要なのだ、と張飛はそのたびに思ったものだ。

劉備は、黙々と歩いているだけだった。

丘をひとつ越え、次の丘にさしかかった。

「ここで」

徐庶が言った。

「お別れします」

「未練は残すまい。あえて、殿とは申しません、劉備様」

「ひとつだけ、置土産があります。荊州に、私の友人がひとりいるのです」

「ほう」

「私より、はるかに才に恵まれた男で、臥竜と呼ばれています。つまり、まだ雲を得ていないということです。その雲に、おなりなされよ、劉備様」

「して、その臥竜の名は?」

「諸葛亮、字は孔明。劉備様自ら、お訪ねになるとよいと思います。それほどの男であるのです」

「諸葛亮孔明か」
「では、お別れいたす」
徐庶が、馬腹を蹴った。
その後ろ姿は丘を越え、すぐに見えなくなった。

本書は、二〇〇一年十月に小社より時代小説文庫として刊行された『三国志 五の巻 八魁の星』を改訂し、新装版として刊行しました。

著者		北方謙三
		2001年10月18日第一刷発行
		2024年 2月18日新装版第一刷発行
発行者		角川春樹
発行所		株式会社 角川春樹事務所
		〒102-0074 東京都千代田区九段南2-1-30 イタリア文化会館
電話		03(3263)5247[編集]　03(3263)5881[営業]
印刷・製本		中央精版印刷株式会社
フォーマット・デザイン& シンボルマーク		芦澤泰偉

本書の無断複製(コピー、スキャン、デジタル化等)並びに無断複製物の譲渡及び配信は、著作権法上での例外を除き禁じられています。また、本書を代行業者等の第三者に依頼して複製する行為は、たとえ個人や家庭内の利用であっても一切認められておりません。定価はカバーに表示してあります。落丁・乱丁はお取り替えいたします。

ISBN978-4-7584-4617-4 C0193　　©2024 Kitakata Kenzô Printed in Japan
http://www.kadokawaharuki.co.jp/[営業]
fanmail@kadokawaharuki.co.jp[編集]　ご意見・ご感想をお寄せください。